一千张糖纸

◎张根柱　主编
◎刘香　选评

济南出版社

图书在版编目(CIP)数据

一千张糖纸／张根柱，刘香选评．—济南：济南出版社，2013.6（2016.1重印）
（最佳中国新文学少年读本）
ISBN 978-7-5488-0865-7

Ⅰ.①一…　Ⅱ.①张…　②刘…　Ⅲ.①中国文学—现代文学—作品综合集　②中国文学—当代文学—作品综合集　Ⅳ.①I216.1

中国版本图书馆CIP数据核字（2013）第125629号

最佳中国新文学少年读本
一千张糖纸

策　　划　郭　锐
责任编辑　郭　锐
装帧设计　焦萍萍
封面绘画　洪　彦

出版发行　济南出版社
地　　址　山东省济南市二环南路1号
邮　　编　250002
电　　话　(0531)86131730　　86131735
网　　址　www.jnpub.com
经　　销　各地新华书店
印　　刷　山东省东营市新华印刷厂
版　　次　2013年6月第1版
印　　次　2016年1月第3次印刷
开　　本　170mm×240mm　16开
印　　张　14.5
字　　数　177千
定　　价　25.00元

写在前面的话

张根柱

许是由于我所学的是中国现代文学专业，毕业后又一直从事中国新文学的教学与研究，且家里又有一个十来岁的特爱读书的孩子，于是好多朋友就向我请教——该给孩子读哪些书和文章？我也只能勉强做起师傅来，因为朋友热切的请求是难以推辞的。久之，我便有了一种想法：我应当为孩子编选一套适合其阅读的新文学读本，并把它献给千千万万个爱读书的孩子和家庭。这样我既可少费点口舌，又可以为改变当下我国少儿的阅读现状尽一分薄力。

说实话，我对现在流行的少儿文学读物并不太满意，原因是其内容过于媚软和口味过于单调，把持销售排行榜的翻来覆去地就那么几位明星似的女作家。这虽是市场文学语境下一个必然的怪现象，但却是一个历史悠久文化源远流长的民族的悲哀，是眼下这一代孩子的悲哀。为了祖国下一代的健康成长，为了提高中华民族的文化素质，

我们这些做师长的今天要给孩子们提供最好的精神食粮，而不是只让他们吃那些流行的文化快餐。

好的文学读物应当给人以苦难意识。

古人说：人生不如意者十有八九。因此孩子们从小就要认识苦难，并以此磨炼自己的心性，增强战胜各种困难的勇气和信心。而文学是人类认识各种苦难最好的窗口。文学的形象性会引起读者的强烈共鸣，引发读者对自我、他人、社会以及历史的深刻思考，从而珍惜和追求那本该属于“人”的幸福生活。如本丛书中的《父亲的雪》，其中父亲早逝，母亲改嫁，跟着巴巴和二娘一起生活的“我”和哥哥，在成长词典里，饥饿、思念、矛盾、痛苦成了最醒目的关键词。作者以女性特有的细腻温婉，把主人公童年经受的痛苦细针密线地表现出来，叩击着每位阅读者的心灵和情感世界。又如《我与地坛》一文，作者在回忆母亲和自己的生命历程时思考了沉重的话题：生存和毁灭。对于一个年轻力壮的小伙子，突然失去双腿，不仅是生活的打击，更是价值的动摇。有时毁灭是不需要勇气的，而活下来却需要很大的信念。有时只有明白死亡，才能更懂得生活的意义，这或许是向死而生的意义吧。

好的文学读物应当陶冶孩子的精神情操，培养其人文素养。

中国新文学，特别是上个世纪二三十年代的文学和新时期文学，取得了举世瞩目的成就。它无论从作家数量、题材的丰富性、艺术形式的多样性，还是从作品的总量及作家创作的严肃态度上，都绝不逊于前人，无愧于这个激流猛进的伟大时代。从中，广大少年读者可以谛听一个古老民族历史前进的脚步声，睹闻中华民族在激烈的社会变迁中的生死歌哭。它像一面多面镜，多角度、生动形象地折射出了中国人一个多世纪的社会生活与历史变迁。2012 年，瑞典文学院宣布将该年度的诺贝尔文学奖授予中国大陆作家莫言，就是对中国新文学最好的褒赏和尊重。因此，一套适合少年读者的读物在手，不但能使少年朋友获得更全面更丰富的文学滋养，提升其文学鉴赏能力和艺术修养，而且能开阔眼界，让他们对今天的中国有更深刻的认知，为其养成健全的人格奠定一块坚实的文化基石。

读好的文学读物应如登山，收获的是超越性的快乐。

现在中小学语文界的朋友倡导快乐阅读，这是正确而且必须的——读书苦得若喝药，那还读它做甚！但是快乐却有层次上的区别：读一本肥皂剧样媚软无趣的小书，收获的是轻飘飘的快乐，满足的是我很快就读完了一本书；而啃一本名著，则需要调动读者所有的人生阅历和知识储备，有时尚须借助工具书，有时还须向师长们请教。这种阅读过程就像我们攀爬泰山十八盘一样，山路陡峭，台阶林立，过程漫长，只有那些有决心和毅力者才不会半途而废。但当气喘吁吁地登顶后，那种一览众山小的超越性快乐，却是一种无与伦比的大享受。因此，我认为少年朋友们如果要追求快乐阅读，除偶尔读点轻松的读物以放松紧绷的神经外，更多时候还是要读经典佳作——与大师、名家的文本对话，本身就是一种智力与灵魂的快乐。

写到这里，我想起亚圣孟子曾说过这样的话：老吾老以及人之老，幼吾幼以及人之幼。但愿我对身边孩子的这份爱心，能给普天下的孩子以切实有益的帮助。同时，作为本书的编者，我要向所有入选本书的作家致以崇高的敬意，真诚地感谢您为我们写下了金质的文章，滋养了一代又一代人的心灵。古人说：文章千秋事，得失寸心知。不虚也！

目录

追逐梦想的童话王国

沧海桑田，这边风景独好

别样的童年体验

书梦飘香

生命如歌

人生本是一段传奇

最美的人间烟火

追逐梦想的童话王国

虽然我们年轻，我们渺小，但是我们有大的梦想。我会像青草一样呼吸，卑微却不失生机；我会把梦想告诉春天，把心底的愿望唱给自然，让唯一的微笑永远不消失，笑到最后。追逐梦想的童话王国，感受童话般的生命过程，寻觅我们永远的灵魂归属地。但童话毕竟是童话，也许它永远无法实现，空留怅惘在人间！可我们追求它的心永不改变。

顾　城

（1956～1993），北京人。20世纪70年代开始写诗，著有诗集《无名小花》、《舒婷、顾城抒情诗选》、《北岛、顾城诗选》、《黑眼睛》、《顾城诗集》等，另与谢烨合著长篇小说《英儿》。顾城是我国新时期“朦胧诗派”的代表人物，被称为以一颗童心看世界的“童话诗人”。

我会像青草一样呼吸

顾　城

我会像青草一样呼吸
在很高的河岸上
脚下的水渊深不可测
黑得像一种鲇鱼的脊背

远处的河水渐渐透明
一直飘向对岸的沙地
那里的起伏充满诱惑

困倦的阳光正在休息

再远处是一片绿光闪闪的树林
录下了风的一举一动
在风中总有些可爱的小花
从没有系紧紫色的头巾

蚂蚁们在搬运沙土
从不会因为爱情而苦恼
自在的野蜂却在歌唱
把一支歌献给了所有花朵

我会呼吸，像青草一样
把轻轻的梦想告诉春天
我希望会唱许多歌曲
让唯一的微笑永不消失

牵手阅读：

“草”是渺小的，又是充满生命活力的。“我会像青草一样呼吸”运用拟物的修辞方式，将人的呼吸物化为青草的呼吸，与大自然融为一体，这是一种虔诚向上的生命姿态。生活有时候会呈现给我们一片灰色，令我们为之苦闷：“深不可测的水渊”、“诱惑的沙地”、“困倦的阳光”等等。但是，你一定要坚信，未来会有一片绿光闪闪的树林，会有风中摇曳着的可爱的小花。只要我们肯像蚂蚁一样坚定地搬运沙土，就一定会积土成山；像野蜂一样自在地歌唱，微笑就永远不会消失。

风偷去了我们的桨

顾 城

就是这样
一阵风，温和地
偷去了我们的桨
墨绿色的湖水，玩笑的阳光
“走吧，别再找了
再找出发的地方。”

也许，夏雨的快乐
使水坍方
在隐没的柳梢上
青蛙正指挥一家
练习合唱
也许，秋风吹干了云朵
大胆的蚂蚁
正趴在干的荷叶的
帐篷上，眺望

也许，一排老年的木桩
还站在水里

和小孩一起，等着小鱼
把干净的玻璃瓶
在青草中安放

也许，像哲学术语一样的湿知了
还在爬来爬去
遗落的分币
在泥地上，冥想
不要再想
再想那出发的地方
风偷去了我们的桨

我们
将在另一个春天靠岸
堤岸又细又长
杨花带走星星，只留下月亮
只留下月亮
在我们的嘴唇边
把陌生的小路照亮

牵手阅读：

通读全诗，我们仿佛进入了一个童话的世界，诗人以孩童的视角、细腻的情感、清新的笔墨为我们描绘了一个美妙、充满浓郁的梦幻色彩和童话气息的世界。在这个童话的世界里，青蛙、蚂蚁、阳光、木桩等全部都拥有了人的思想，人的气息，变得活泼、俏皮与淘气。诗人运用拟人的修辞手法，将普通的事物赋予人的思想与灵魂，巧妙地把诗人内心饱满的情思寄托于自然外物，那颗敏感而且纤细的心灵，感应着大自然童话般的气息："就是这样/一阵风，温和地/偷去了我们的桨/墨绿色的湖水，玩笑的阳光/'走吧，别再找了/再找出发的地方'"……

海　子

（1964～1989），原名查海生，1979 年 15 岁时考入北京大学法律系，大学期间开始创作诗歌。1989 年 3 月 26 日在山海关卧轨自杀，年仅 25 岁。诗人短暂的生命里保持了一颗圣洁的心。他曾长期不被世人理解，但他是中国 20 世纪 90 年代新文学史上一位全力冲击文学与生命极限的诗人。

面朝大海，春暖花开

海　子

从明天起做个幸福的人
喂马，劈柴，周游世界
从明天起，关心粮食和蔬菜
我有一所房子
面朝大海，春暖花开

从明天起和每一个亲人通信

告诉他们我的幸福
那幸福的闪电告诉我的
我将告诉每一个人

给每一条河每一座山取个温暖的名字
陌生人我也为你祝福
愿你有一个灿烂的前程
愿你有情人终成眷属
愿你在尘世获得幸福
我只愿面朝大海，春暖花开

牵手阅读：

大海是海子诗中的核心意象，它单纯明净，广阔浩荡，令人心旷神怡。它是安魂之乡，是理想之乡，是海子作为“海之子”的精神归宿，是他可以找到真正的幸福感的地方。“面朝大海，春暖花开”，当然也是一种海市蜃楼，然而这是海子所能感受到的一种明丽的幸福感。

海子以朴素明朗的语言，歌唱出一个诗人的真诚善良。诗歌首先虚构了一幅自由独立、远离尘世喧嚣的生活图景，营造了淳朴、真诚的情绪氛围，接着表达了对亲情友情的珍惜与祝福，色调温暖甜美。此诗乍看给人以清新欢快的感觉，但仔细品味之后，却会发现有股苦涩的泉水随诗句流过心底。

张　枣

（1962～2010）湖南长沙人，先后就读于湖南师范大学、四川外语学院；1986年赴德国留学，后长期客居西方，获德国特里尔大学文哲博士，曾在德国图宾根大学任教；21世纪初回国，曾在河南大学任教，后任中央民族大学文学与新闻传播学院教授，2010年因肺癌去世。出版有诗集《春秋来信》等。

镜　中

张　枣

只要想起一生中后悔的事
梅花便落了下来
比如看她游泳到河的另一岸
比如登上一株松木梯子
危险的事固然美丽
不如看她骑马归来
面颊温暖，羞惭

低下头，回答着皇帝
一面镜子永远等候着她
让她坐到镜中常坐的地方
望着窗外，只要想起一生中后悔的事
梅花便落满了南山

牵手阅读：

这是张枣早期的一首诗。它的古典气息特别浓厚，这从“梅花”、“皇帝”、“南山”等意象可以看出来。陶渊明曾有“采菊东篱下，悠然见南山”的诗句，这首诗中的“南山”一下子就把我们带到悠远美丽的古典意境里去。但这又是一首现代气息特别浓郁的诗。可以说，正是古典与现代气息的交融，才使这首诗带给我们美丽的体验。我们看到诗中的“她”有两种不同的形象或状态：在游泳和登梯的时候，“她”是快活的、无拘无束的、充满活力的；而在骑马归来回答皇帝的时候却是“面颊温暖，羞惭，低下头”，显然受到了某种约束而显得不自在。而“一面镜子永远等候她”，这里则有了一种短暂与永恒的对比，“她”在做“危险的事”——游泳和登梯时，时光是短暂的；而面对镜子回答皇帝时，时光却是漫长的，甚至漫长到“永恒”的程度。而那绵绵的悔意就是由此而生，正可谓“天长地久有时尽，此恨绵绵无绝期”。而能让“她”和我们感到安慰的是“只要想起一生中后悔的事，梅花便落了下来”，那多情的梅花仿佛也在叹惋、同情人们，应人的悔意而落。这是古诗中常见的情景交融的手法，扑扑簌簌的梅花纷纷扬扬，仿佛是愁绪万缕，却又好像慰藉着人生的缺憾。

人生就像月亮，总有阴晴圆缺，失意的时候，就让美丽的诗歌来安慰我们吧。

沧海桑田、这边风景独好

“曾经沧海难为水，除却巫山不是云”。无论是漫步山林，聆听优美和谐的自然之歌，还是身居陋巷，倾听悠长曲折的古老传说，抑或是观赏饶有诗意的卢沟晓月图，都不能道尽心中那沧海桑田、风景依然的时空感。也许只有置身故都之秋，心存清心雅舍，才能真切体会风景这边独好的人生欢乐与喜悦！

郁达夫

（1896～1945），原名郁文，字达夫，幼名阿凤，浙江富阳人，中国现代著名小说家、散文家、诗人。代表作《沉沦》、《故都的秋》、《春风沉醉的晚上》、《过去》、《迟桂花》等。

故都的秋

郁达夫

秋天，无论在什么地方的秋天，总是好的；可是啊，北国的秋，却特别地来得清，来得静，来得悲凉。我的不远千里，要从杭州赶上青岛，更要从青岛赶上北平来的理由，也不过想饱尝一尝这“秋”，这故都的秋味。

江南，秋当然也是有的；但草木凋得慢，空气来得润，天的颜色显得淡，并且又时常多雨而少风；一个人夹在苏州上海杭州，或厦门香港广州的市民中间，混混沌沌地过去，只能感到一点点清凉，秋的味，秋的色，秋的意境与姿态，总看不饱，尝不透，赏玩不到十足。秋并不是名花，也并不是美酒，

那一种半开、半醉的状态，在领略秋的过程上，是不合适的。

不逢北国之秋，已将近十余年了。在南方每年到了秋天，总要想起陶然亭的芦花，钓鱼台的柳影，西山的虫唱，玉泉的夜月，潭柘寺的钟声。在北平即使不出门去罢，就是在皇城人海之中，租人家一椽破屋来住着，早晨起来，泡一碗浓茶，向院子一坐，你也能看得到很高很高的碧绿的天色，听得到青天下驯鸽的飞声。从槐树叶底，朝东细数着一丝一丝漏下来的日光，或在破壁腰中，静对着像喇叭似的牵牛花（朝荣）的蓝朵，自然而然地也能够感觉到十分的秋意。说到了牵牛花，我以为以蓝色或白色者为佳，紫黑色次之，淡红色最下。最好，还要在牵牛花底，教长着几根疏疏落落的尖细且长的秋草，使作陪衬。

北国的槐树，也是一种能使人联想起秋来的点缀。像花而又不是花的那一种落蕊，早晨起来，会铺得满地。脚踏上去，声音也没有，气味也没有，只能感出一点点极微细极柔软的触觉。扫街的在树影下一阵扫后，灰土上留下来的一条条扫帚的丝纹，看起来既觉得细腻，又觉得清闲，潜意识下并且还觉得有点儿落寞，古人所说的梧桐一叶而天下知秋的遥想，大约也就在这些深沉的地方。

秋蝉的衰弱的残声，更是北国的特产；因为北平处处长着树，屋子又低，所以无论在什么地方，都听得见它们的啼唱。在南方是非要上郊外或山上去才听得到的。这秋蝉的嘶叫，在北平可和蟋蟀耗子一样，简直像是家家户户都养在家里的家虫。

还有秋雨哩，北方的秋雨，也似乎比南方的下得奇，下得有味，下得更像样。

在灰沉沉的天底下，忽而来一阵凉风，便淅沥嘛啦地下起雨来了。一层雨过，云渐渐地卷向了西去，天又青了，太阳又露出脸来了；穿着很厚的青布单衣或夹袄的都市闲人，咬着烟管，在雨后的斜桥影里，上桥头树底下去一立，遇见熟人，便会用了缓慢悠闲的声调，微叹着互答着地说：

“唉，天可真凉了——”（这“了”字念得很高，拖得很长。）

“可不是么？一层秋雨一层凉了！”

北方人念阵字，总老像是层字，平平仄仄起来，这念错的歧韵，倒来得正好。

北方的果树，到秋来，也是一种奇景。第一是枣子树；屋角，墙头，茅房边上，灶房门口，它都会一株株地长大起来。像橄榄又像鸽蛋似的这枣子颗儿，在小椭圆形的细叶中间，显出淡绿微黄的颜色的时候，正是秋的全盛时期；等枣树叶落，枣子红完，西北风就要起来了，北方便是尘沙灰土的世界，只有这枣子、柿子、葡萄，成熟到八九分的七八月之交，是北国的清秋的佳日，是一年之中最好也没有的 Golden Days。

有些批评家说，中国的文人学士，尤其是诗人，都带着很浓厚的颓废色彩，所以中国的诗文里，颂赞秋的文字特别的多。但外国的诗人，又何尝不然？我虽则外国诗文念得不多，也不想开出账来，做一篇秋的诗歌散文钞，但你若去一翻英德法意等诗人的集子，或各国的诗文的 Anthology 来，总能够看到许多关于秋的歌颂与悲啼。各著名的大诗人的长篇田园诗或四季诗里，也总以关于秋的部分，写得最出色而最有味。足见有感觉的动物，有情趣的人类，对于秋，总是一样的能特别引起深沉、幽远、严厉、萧索的感触来的。不单是诗人，就是被关闭在牢狱里的囚犯，到了秋天，我想也一定会感到一种不能自已的深情；秋之于人，何尝有国别，更何尝有人种阶级的区别呢？不过在中国，文字里有一个“秋士”的成语，读本里又有着很普遍的欧阳子的《秋声》与苏东坡的《赤壁赋》等，

就觉得中国的文人，与秋的关系特别深了。可是这秋的深味，尤其是中国的秋的深味，非要在北方，才感受得彻底。

南国之秋，当然是也有它的特异的地方的，比如廿四桥的明月，钱塘江的秋潮，普陀山的凉雾，荔枝湾的残荷等等，可是色彩不浓，回味不永。比起北国的秋来，正像是黄酒之与白干，稀饭之与馍馍，鲈鱼之与大蟹，黄犬之与骆驼。

秋天，这北国的秋天，若留得住的话，我愿把寿命的三分之二折去，换得一个三分之一的零头。

一九三四年八月，在北平

牵手阅读：

郁达夫先生生于江南，却独爱北国之秋，爱它的够味，爱它的饱满，爱它的清凉。他用写诗的健笔，临摹秋意的语调，挥洒多味的柔情。看似随意，却从秋花、秋树、秋蝉、秋雨、秋风等一一写起，娓娓道来，让我们身临其境，回味无穷。为了突出北国之秋，作者大量运用了对比的手法，即不断地和南国之秋相对比，突出了故都秋的特色。此外，从文章的字里行间，明显地可以感受到作者对故都之秋的深厚感情。文章的最后一段虽略显夸张，却将这种感情升华到了极致——作者爱北国的秋天真是爱得不要命了。这就是故都的秋味！

吴伯箫

（1906～1982），山东莱芜人，当代著名的散文家和教育家。著有散文集《羽书》、《烟尘集》、《北极星》、《吴伯箫散文选》等。

山　屋

吴伯箫

屋是挂在山坡上的。门窗开处便都是山。不叫它别墅，因为不是旁宅支院颐养避暑的地方；唤作什么楼也不妥，因为一底一顶，顶上就正对着天空。无以名之，就姑且直呼为山屋吧，那是很有点老实相的。

搬来山屋，已非一朝一夕了；刚来记得是初夏，现在已慢慢到了春天呢。忆昔入山时候，常常感到一种莫名的寂寞，原来地方太偏僻，离街市太远啊。可是习惯自然了，又爱了它的幽静；何况市镇边缘上的山，山坡上的房屋，终究还具备着市廛与山林两面的佳胜呢。想热闹，就跑去烦嚣的市内；爱清闲，就索性锁在山里，是两得其便左右逢源的。倘若你来，于

山屋，你也会喜欢它的吧？傍山人家，是颇有情趣的。

譬如说，在阳春三月，微微煦暖的天气，使你干什么都感到几分慵倦；再加整天的忙碌，到晚上你不会疲惫得像一只晒腻了太阳的猫么？打打舒身都嫌烦。一头栽到床上，怕就蜷伏着昏昏入睡了。活像一条死猪。熟睡中，踢来拌去的乱梦，梦味儿都是淡淡的。心同躯壳是同样的懒啊。几乎可以说是泥醉着，糊涂着，乏不可耐。可是大大地睡了一场，寅卯时分，你的梦境不是忽然透出了一丝绿莹莹的微光么？像东风吹过经冬的衰草似的，展眼就青到了天边。恍恍惚惚的，屋前屋后有一片啾唧啁哳的闹声，像是姑娘们吵嘴，又像一群活泼泼的孩子在嘈杂乱唱；兀的不知怎么一来，那里“支幽”一响，你就醒了。立刻你听到了满山满谷的鸟叫。缥缥缈遥的那里的钟声，也嗡嗡地传了过来。你睁开了眼，窗帘后一缕明亮，给了你一个透底的清醒。靠左边一点，石工们在丁咚的凿石声中，说着呜呜噜噜的话；稍偏右边，嘚嘚的马蹄声又仿佛一路轻的撒上了山去。一切带来的是个满心的欢笑啊。那时你还能躺在床上么？不，你会霍然一跃就起来的。衣裳都来不及披一件，先就跳下床来打开窗子。那窗外像笑着似的处女的阳光，一扑就扑了你个满怀。

“啊，新的灵魂，我们在平静而清冷的早晨找到我们自己了。”

——惠特曼《草叶集》

那阳光洒下一屋的愉快，你自己不是都几乎笑了么？通身的轻松。那山上一抹嫩绿的颜色，使你深深地吸一口气，清爽是透到脚底的。瞧着那窗外的一丛迎春花，你自己也仿佛变作了它的一枝。

我知道你是不暇妆梳的，随便穿了穿衣裳，就跑上山去了。一路，鸟儿们飞着叫着地赶着问“早啊？早啊？”的话，闹得简直不像样子。戴了朝露的那山草野花，遍山弥漫着，也懂事不懂事似的直对你颔首微笑。受宠若惊，你忽然骄蹇起来了，迈着昂藏的脚步三跨就跨上了山巅。你挺直了腰板，要大声嚷出什么来，可是怕喊破了那清朝静穆的美景，你又没嚷，只高高地伸出了你粗壮的两臂，像要拥抱那个温都的骄阳似的，很久很久，你忘掉了你自己。自然融化了你，你也将自然融化了。等到你有空再眺望一下那山根尽头的大海的时候，看它展开着万顷碧浪。翻掀着千种金波，灵机一动，你主宰了山，海，宇宙全在你的掌握中了。

下山，路那边邻家的小孩子，苹果脸映着旭阳，正向你闪闪招手，烂漫地笑；你不会赶着问她："宝宝起这样早哇？姐姐呢？"

再一会，山屋里的人就是满口的歌声了。

再一会，山屋右近的路上，就是逛山的人格格的笑语了。

要是夏天，晌午阳光正毒，在别处是热得汤煮似的了，山屋里却还保持着相当的凉爽，坡上是通风的。四周的山松也有够浓的阴凉。敞着窗，躺在床上，噪耳的蝉声中你睡着了，噪耳的蝉声中你又醒了。没人逛山。樵夫也正傍了山石打盹儿。市声又远远的，只有三五个苍蝇，嗡——飞到了这里，嗡——又飞到了那里。老鼠都会瞅空出来看看景的吧，"蝉噪林逾静，鸟鸣山更幽"，心跳都听得见扑腾呢。你说，山屋里的人，不该是无怀氏之民么？

夏夜，自是更好。天刚黑，星就悄悄地亮了。流萤点点，像小灯笼，像飞花。檐边有吱吱叫的蝙蝠，张着膜翅凭了羞光的眼在摸索乱飞。远处有乡村味的犬吠，也有都市味的火车的汽笛。几丈外谁在毕剥地拍得蒲扇响呢？突然你听见耳朵边的蚊子薨薨了。这样，不怕露冷，山屋门前坐到丙夜是无碍的。

可是，我得告诉你，秋来的山屋是不大好斗的啊。若然你不时时刻刻咬紧了牙，记牢自己是个男子，并且想着“英国的孩子是不哭的”那句名言的话，你真挡不了有时候要落泪呢。黄昏，正自无聊的当儿，阴沉沉的天却又淅淅沥沥地落起雨来。不紧也不慢，不疏也不密，滴滴零零，抽丝似的，人的愁绪可就细细地长了。真愁人啊！想来个朋友谈谈天吧，老长的山道上却连把雨伞的影子也没有；喝点酒解解闷吧，又往哪里去找个把牧童借问酒家何处呢？你听，偏偏墙角的秋虫又凄凄切切唧唧而吟了。呜呼，山屋里的人其不怛然蹙眉颓然告病者，怕极稀矣，极稀矣！

凑巧，就是那晚上，不，应当说是夜里，夜至中宵。没有闭紧的窗后，应着潇潇的雨声冷冷的虫声，不远不近，袭来了一片野兽踏落叶的窸窣声。呕吼呕吼，接二连三地嗥叫，告诉你那是一只饿狼或是一匹饥狐的时候，喂，伙计，你的头皮不会发胀么？好家伙！真得要蒙蒙头。

虽然，“采菊东篱下”，陶彭泽的逸兴还是不浅的。

最可爱，当然数冬深。山屋炉边围了几个要好的朋友，说着话，暖烘烘的。有人吸着烟，有人就偎依在床上，唏嘘也好，争辩也好，锁口默然也好，态度却都是那样淳朴诚恳的。回忆着华年旧梦的有，希冀着来日尊荣的有，发着牢骚，大夸其企图与雄心的也有。怒来拍一顿桌子，三句话没完却又笑了。哪怕当面骂人呢，该骂的是不会见怪的，山屋里没有“官话”啊，要讲“官话”，他们指给你，说：“你瞧，那座亮堂堂的奏着军乐的，请移驾那楼上去吧。”

若有三五乡老，晚饭后咳嗽了一阵，拖着厚棉鞋提了长烟袋相将而来，该是欢迎的吧？进屋随便坐下，便尔开始了那短短长长的闲话。八月十五云遮月，单等来年雪打灯。说到了长毛，说到了红枪会，说到了税，捐，拿着粮食换不出钱，乡里的灾害，兵匪的骚扰，希望中的太平丰年及怕着的天下行将大乱：说一阵，笑一阵，就鞋底上磕磕烟灰，大声地打个呵欠，“天不早了。”“总快鸡叫了。”要走，却不知门开处已落了满地的雪呢。

原来我已跑远了。急急收场：“雪夜闭户读禁书。”你瞧，这半支残烛，正是一个好伴儿。

一九三四年四月六日，青岛万年兵营

牵手阅读：

一座挂在市镇边缘山坡上的简简单单的房子，在作者心中，宛如一幅自然恬静、淡远清新的四季图，一个人的精神家园。春天里，我们在平静而清冷的早晨找到我们自己了。意境清幽的夏天里，“蝉噪林愈静，鸟鸣山更幽。”愁苦孤寂、透着淡淡愁绪的秋季里，不乏“采菊东篱下，悠然见南山”的逸兴。围炉夜话的深冬里，“却不知门开处已落了满地的雪呢”。

阅读吴伯箫的《山屋》，就如同漫步于山林之中，聆听一曲优美和谐的自然之歌。纯真细腻的感情，自然流畅的笔墨，朴实平易的娓娓叙述……勾勒出一幅五彩缤纷的画面，配合着多声部的天籁重奏，山居景色美不胜收，山居情趣动人心魄。正如作者所言：“傍山人家，是颇有情趣的。”

柯　灵

（1909～2000）原籍浙江绍兴，生于广州。中国现当代著名的散文家、剧作家、电影评论家。散文集有《望春草》等。他的散文风格典雅清丽，婉约细腻。

巷

柯　灵

巷，是城市建筑艺术中一篇飘逸恬静的散文，一幅古雅冲淡的图画。

这种巷，常在江南的小城市中，有如古代的少女，躲在僻静的深闺，轻易不肯抛头露面。你要在这种城市里住久了，和它真正成了莫逆，你才有机会看见她，接触到她优娴贞静的风度。它不是乡村的陋巷，湫隘破败，泥泞坎坷，杂草乱生，两旁还排列着错落的粪缸。它也不是上海的里弄，鳞次栉比的人家，拥挤得喘不过气；小贩憧憧来往，黝黯的小门边，不时走出一些趿着拖鞋的女子，头发乱似临风飞舞的秋蓬，眼睛里网满红丝，脸上残留着隔夜的脂粉，颓然地走到老虎灶上去提水。也不像北地的胡同，满目尘土，风起处刮着弥天的黄沙。

这种小巷，隔绝了市廛的红尘，却又不是乡村风味。它又深又长，一个人耐心静静走去，要老半天才走完。它又这么曲折，你望着前面，好像已经堵塞了，可是走了过去，一转弯，依然是巷陌深深，而且更加幽静。那里常是悄悄的，寂寂的，不论什么时候，你向巷中踅去，都如宁静的黄昏，可以清晰地听到自己的足音。不高不矮的围墙挡在两边，斑斑驳驳的苔痕，墙上挂着一串串苍翠欲滴的藤萝，简直像古朴的屏风。墙里常是人家的竹园，修竹森森，天籁细细；春来时还常有几枝娇艳的桃花杏花，娉娉婷婷，从墙头殷勤地摇曳红袖，向行人招手。走过几家墙门，都是紧紧地关着，不见一个人影，因为那都是人家的后门。偶然躺着一只狗，但是决不会对你狺狺地狂吠。

小巷的动人处就是它无比的悠闲。无论谁，只要你到巷里去踯躅一会，你的心情就会如巷尾不波的古井，那是一种和平的静穆，而不是阴森和肃杀。它闹中取静，别有天地，仍是人间。它可能是一条现代的乌衣巷，家家有自己的一本哀乐账，一部兴衰史，可是重门叠户，讳莫如深，夕阳影里，野草闲花，燕子低飞，寻觅旧家。只是一片澄明如水的气氛，净化一切，笼罩一切，使人忘忧。

你是否觉得劳生草草，身心两乏？我劝你工余之暇，常到小巷里走走，那是最好的将息，会使你消除疲劳，紧张的心弦得到调整。你如果有时情绪烦躁，心境郁悒，我劝你到小巷里负手行吟一阵，你一定会豁然开朗，怡然自得，物我两忘。你有爱人吗？我建议不要带了她去什么名园胜境，还是利用晨昏时节，到深巷中散散步。在那里，你们俩可以随意谈天，心贴得更近，在街上那种贪婪的睨视，恶意的斜觑，巷里是没有的；偶然呀的一声，墙门口显现出一个人影，又往往是深居简出的姑娘，看见你们，会娇羞地返身回避了。

巷，是人海汹汹中的一道避风塘，给人带来安全感；是城市喧嚣扰攘中的一带洞天幽境，胜似皇家的阁道，便于平常百姓徘徊徜徉。

爱逐臭争利，锱铢必较的，请到长街闹市去；爱轻嘴薄舌，争是论非的，请到茶馆酒楼去；爱锣鼓钲镗，管弦嗷嘈的，请到歌台剧院去；爱宁静淡泊，沉思默想的，深深的小巷在欢迎你！

一九三〇年秋

牵手阅读：

不同于乡间陋巷的肮脏破败，上海弄堂的拥挤低俗，北京胡同的满目尘沙，柯灵笔下的巷，如飘逸的散文，冲淡的图画，古代优娴贞静的少女，恬淡雅致、整洁明丽。巷在江南小城中，隔绝了市廛的红尘，悠闲之地，飘逸洒脱。作者用细腻的笔触为我们描绘了一幅古雅冲淡的小巷图。巷犹如一支婉转悠长的曲子，舒缓地流向你的心田。没有任何的羁绊与烦恼和疾风骤雨的袭扰，那是一种和平的静穆。巷是人海汹汹中的避风塘，是滚滚红尘中的洞天幽境，徜徉于此，可一洗心头的尘埃。

作者以精美流畅的白话语言，不徐不疾，细腻地向我们诉说着巷的深长曲折，幽静恬适，古朴和生机。

王统照

（1897～1957），字剑三，山东诸城人。曾任中国大学教授兼出版部主任，《文学》月刊主编，开明书店编辑，暨南大学、山东大学教授。著有多部长篇小说。

卢沟晓月

王统照

“苍凉白是长安日，呜咽原非陇头水。”

这是清代诗人咏卢沟桥的佳句，也许，长安日与陇头水六字有过火的古典气息，读去有点碍口？但，假如你们明了这六个字的来源，用联想与想象的力量凑合起，提示起这地方的环境、风物以及历代的变化，你自然感到像这样“古典”的应用确能增添卢沟桥的伟大与美丽。

打开一本详明的地图，从现在的河北省、清代的京兆区域里你可找得那条历史上著名的桑干河。在往古的战史上，在多少吊古伤今的诗人的笔下，桑干河三字并不生疏。但，说到治

水，隰水，灅水这三个专名，似乎就不是一般人所知了。还有，凡到这北平的人，谁不记得北平城外的永定河——即使不记得永定河，而外城的正南门，永定门，大概可说是“无人不晓”罢。我虽不来与大家谈考证，讲水经，因为要叙叙卢沟桥，却不能不谈到桥下的水流。

治水，隰水，灅水，以及俗名的永定河，其实都是那一道河流——桑干。

还有，一条不甚生疏，而在普通地理书上不大注意的是另外一道大流——浑河。浑河源出浑源，距离著名的恒山不远，水色浑浊，所以又有小黄河之称。在山西境内已经混入桑干河，经怀仁，大同，委宛曲折，至河北的怀来县。向东南流入长城，在昌平县境的大山中如黄龙似的从天转入宛平县境，二百多里，才到这条巨大雄壮的古桥下。

原非陇头水，是不错的，这桥下的汤汤流水，原是桑干与浑河的合流；也就是所谓治水、隰水、灅水、永定河，与浑河，小黄河，黑水河（浑河的俗名）的合流。

桥工的建造既不在北宋的时代，也不开始于蒙古人的占据北平。金人与南宋南北相争时，于大定二十九年（1190 年）六月方将这河上的木桥换了，用石料造成。这是见之于金代的诏书，据说：“明昌二年三月桥成，敕命名广利，并建东西廊以便旅客。”

马可波罗来逛中国，服官于元代的初年时，他已看见这雄伟的工程，曾在他的游记里赞美过。

经过元明两代都有重修，但以正统九年的加工比较伟大，桥上的石栏、石狮，大约都是这一次重修的成绩。清代对此桥的大工役也有数次。乾隆十七年与五十年两次的动工，确为此桥增色不少。

“东西长六十六丈，南北宽二丈四尺，两栏宽两尺四寸，石栏一百四十，桥孔十有一，第六孔适当河之中流。”

按清乾隆五十年重修的统计，对此桥的长短大小有此说明，使人（没有到过的）可以想象它的雄壮。

从前以北平左近的县分属顺天府，也就是所谓京兆区。经过名人题咏的，京兆区内有八种胜景：例如西山霁雪，居庸叠翠，玉泉垂虹等，都是很幽美的山川风物。卢沟不过有一道大桥，却居然也与西山居庸关一样列进八景之一，便是极富诗意的“卢沟晓月”。本来，“杨柳岸晓风残月”是最易引动从前旅人的感喟与欣赏的凌晨早发的光景，何况在远来的巨流上有一道雄伟壮丽的石桥，又是出入京都的孔道，多少官吏、士人、商贾、农、工，为了事业，为了生活，为了游览，他们不能不到这名利所萃的京城，也不能不在夕阳返照，或东方未明时打从这古代的桥上经过。你想：在交通工具还没有如今迅速便利的时候，车马，担簦，来往奔驰，再加上每个行人谁没有忧、喜、欣、戚的真感横在心头，谁不为“生之活动”在精力上负一份重担？盛景当前，把一片壮美的感觉移入渗化于自己的忧喜欣戚之中，无论他是有怎样的观照，由于时间与空间的变化错综，面对着这个具有崇高美的压迫力的建筑物，行人如非白痴，自然以其鉴赏力的差别，与环境的相异，生发出种种触感。于是留在他们的心中，或留在藉文字绘画表达出的作品中，对于卢沟桥三字真有很多的酬报。

不过，单以“晓月”形容卢沟桥之美，据传说是另有原因：每当旧历的月尽头（晦日）天快晓时，下弦的钩月在别处还看不分明，如有人到此桥上，他偏先得清光。这俗传的道理是否可靠，不能不令人疑惑，其实，卢沟桥也不过高起一些，难道同一时间在西山山顶，或北平城内的白塔（北海山上）上，看那晦晓的月亮，会比卢沟桥上不如？不过，话还是不这么拘板说为妙，用“晓月”陪衬卢沟桥的实是一位善于想象而又身经的艺术家的妙语，本来不预备后人去做科学的测验。你想："一日之计在于晨"，何况是行人的早发。朝气清濛，烘托出那钩人思感的月亮——上浮青天，下嵌白石的巨桥。京城的雉堞若隐若现，西山的云翳似近似远，大野无边，黄流激奔……这样光，这样色彩，这样地点与建筑，不管是料峭的春晨，凄冷的秋晓，景物虽然随时有变，但若无雨雪的降临，每月末五更头的月亮，白石桥，大野，黄流，总可凑成一幅佳画，渲染飘浮于行旅者的心灵深处，发生出多少样反射的美感。

你说：偏以这"晓月"陪衬这"碧草卢沟"（清刘履芬的《鸥梦词》中有《长亭怨》一阕，起语是：叹销春间关轮铁，碧草卢沟，短长程接。）不是最相称的"妙境"么？

无论你是否身经其地，现在，你对这名标历史的胜迹，大约不止于"发思古之幽情"罢？其实，即以思古而论也尽够你沉思，咏叹，有无穷的兴感！何况血痕染过的那些石狮的鬈鬣，白骨在桥上的轮迹里腐化，漠漠风沙，呜咽河流，自然会造成一篇悲壮的史诗。就是万古长存的"晓月"也必定对你惨笑，对你冷觑，不是昔日的温柔，幽丽，只引动你的"清念"。

桥下的黄流，日夜呜咽，泛挹着青空的灏气，伴守着沉默的郊源……

他们都等待着有明光大来与洪涛冲荡的一日——那一日的清晓。

牵手阅读：

这是一篇优秀的风景游记散文，文章从地理方位、历史背景、外部环境等多方面对"卢沟晓月"进行综合描述，进而铺展开了一幅极富诗意的卢沟晓月图。文章语言华丽与朴实交错，亲切的叙述口吻下，展示的是历史的古韵与时代的沧桑。"八景"之一的卢沟大桥配上良辰美景晓风残月，几缕诗魂，几分凝重，皆沉淀在文章的字里行间。诗词的引用，古籍的摘引，赋予了"卢沟晓月"道不尽的韵味与情思。

梁实秋

(1903～1987)，北京人，原籍浙江省杭县（今余杭）。一生著作甚丰，散文有《雅舍小品》一、二、三集行世，文学批评论文集多种，经近40年的时间独立翻译完成莎士比亚全集40卷。他是中国现代文学史上著名的学者、文学家、翻译家、理论批评家、英国文学史家。

雅 舍

梁实秋

到四川来，觉得此地人建造房屋最是经济。火烧过的砖，常常用来做柱子，孤零零地砌起四根砖柱，上面盖上一个木头架子，看上去瘦骨嶙峋，单薄得可怜；但是顶上铺了瓦，四面编了竹篦墙，墙上敷了泥灰，远远地看过去，没有人能说不像是座房子。我现在住的“雅舍”正是这样一座典型的房子，不消说，这房子有砖柱，有竹篦墙，一切特点都应有尽有。讲到住房，我的经验不算少，什么“上支下摘”，“前廊后厦”，“一楼一底”，“三上三下”，“亭子间”，“茆草棚”，“琼楼玉

宇”和“摩天大厦”，各式各样，我都尝试过。我不论住在哪里，只要住得稍久，便对那房子发生感情，非不得已我还舍不得搬。这“雅舍”，我初来时仅求其能蔽风雨，并不敢存奢望，现在住了两个多月，我的好感油然而生。虽然我已渐渐感觉它并不能蔽风雨，因为有窗而无玻璃，风来则洞若凉亭，有瓦而空隙不少，雨来则渗如滴漏。纵然不能蔽风雨，“雅舍”还是自有它的个性。有个性就可爱。

“雅舍”的位置在半山腰，下距马路约有七八十层的土阶。前面是阡陌螺旋的稻田。再远望过去是几抹葱翠的远山，旁边有高粱地，有竹林，有水池，有粪坑，后面是荒僻的榛莽未除的土山坡。若说地点荒凉，则月明之夕，或风雨之日，亦常有客到，大抵好友不嫌路远，路远乃见情谊。客来则先爬几十级的土阶，进得屋来仍须上坡，因为屋内地板乃依山势而铺，一面高，一面低，坡度甚大，客来无不惊叹，我则久而安之，每日由书房走到饭厅是上坡，饭后鼓腹而出是下坡，亦不觉有大不便处。

“雅舍”共是六间，我居其二。篦墙不固，门窗不严，故我与邻人彼此均可互通声息。邻人轰饮作乐，咿唔诗章，喁喁细语，以及鼾声，喷嚏声，吮汤声，撕纸声，脱皮鞋声，均随时由门窗户壁的隙处荡漾而来，破我岑寂。入夜则鼠子瞰灯，才一合眼，鼠子便自由行动，或搬核桃在地板上顺坡而下，或吸灯油而推翻烛台，或攀援而上帐顶，或在门框桌脚上磨牙，使得人不得安枕。但是对于鼠子，我很惭愧地承认，我“没有法子”。“没有法子”一语是被外国人常常引用着的，以为这话足代表中国人的懒惰隐忍的态度。其实我的对付鼠子并不懒惰。窗上糊纸，纸一戳就破；门户关紧，而相鼠有牙，一阵咬便是一个洞洞。试问还有什么法子？洋鬼子住到“雅舍”不也是“没有法子”？比鼠子更骚扰的是蚊子。“雅舍”的蚊风之盛，是我前所未见的。“聚蚊成雷”真有其事！每当黄昏的时候，满屋里磕头碰脑的全是蚊子，又黑又大，骨骼都像是硬的。在别处蚊子早已肃清的时候，在“雅舍”则格外猖獗，来客偶不留心，则两腿伤处累累隆起如玉蜀黍，但是我仍安之，冬天一到，蚊子自然绝迹，明年夏天——谁知道我还是否住在“雅舍”！

“雅舍”最宜月夜——地势较高，得月较先，看山头吐月，红盘乍涌，一霎间，清光上射，天空皎洁，四野无声，微闻犬吠，坐客无不悄然！舍前有两株梨树，等到月升中天，清光从树间筛洒而下，地上阴影斑斓，此时尤为幽绝。直到兴阑人散，归房就寝，月光仍然逼进窗来，助我凄凉。细雨蒙蒙之际，“雅舍”亦复有趣，推窗展望，俨然米氏章法，若云若雾，一片弥漫。但若大雨滂沱，我就又惶悚不安了，屋顶湿印到处都有，起初如碗大，俄而扩大如盆，继则滴水乃不绝，终乃屋顶灰泥突然崩裂，如奇葩初绽，砉然一声而泥水下注，此刻满室狼藉，抢救无及。此种经验，已数见不鲜。

“雅舍”之陈设，只当得简朴二字，但洒扫拂拭，不使有纤尘。我非显要，故名公巨卿之照不得入我室；我非牙医，故无博士文凭张挂壁间；我不业理发，故丝织西湖十景以及电影明星之照片亦均不能张我四壁。我有一几一椅一榻，酣睡写读，均已有着，我亦不复他求。但是陈设虽简，我却喜欢翻新布置。西人常常讥笑妇人喜欢变更桌椅位置，以为这是妇人天性喜变之一征。诬否且不论，我是喜欢改变的。中国旧式家庭，陈设千篇一律，正厅上是一条案，前面一张八仙桌，一边一把靠椅，两旁是两把靠椅夹一只茶几。我以为陈设宜求疏落参差之致，最忌排偶。“雅舍”所有，毫无新奇，但一物一事之安排布置俱不从俗。人入我室，即知此是我室，笠翁《闲情偶寄》之所论，正合我意。

"雅舍"非我所有，我仅是房客之一。但思"天地者万物之逆旅"，人生本来如寄，我住"雅舍"一日，"雅舍"即一日为我所有。即使此一日亦不能算是我有，至少此一日"雅舍"所能给予之苦辣酸甜，我实躬受亲尝。刘克庄词："客里似家家似寄。"我此时此刻卜居"雅舍"，"雅舍"即似我家。其实似家似寄，我亦分辨不清。

长日无俚，写作自遣，随想随写，不拘篇章，冠以"雅舍小品"四字，以示写作所在，且志因缘。

牵手阅读：

"斯是陋室，唯吾德馨"，安居雅舍，静灵志远。雅舍，陋室也，安居雅舍者，必淡泊明志，清心雅言。地处半山腰，"前面是阡陌螺旋的稻田"，远望是几抹葱翠的远山，虽地点荒凉，月明之夕，风雨之日，亦常有客到。如此美居，让人心生向往。尤其月夜，"看山头吐月，红盘乍涌，一霎间，清光上射，天空皎洁，四野无声，微闻犬吠，坐客无不悄然"。雅舍之雅，不光在于外在清幽，更在于内居者清心。然雅舍虽雅，陋处甚多，于一夏日午后，闲坐雅舍，"若偶不留心，则两腿伤处累累隆起如玉蜀黍"。一雅一陋相较，即是梁先生内心矛盾复杂之感的流露，能居此雅舍，实为因缘际会，唯以幽淡性情，纾解郁郁之心。走进雅舍，捧一杯香茗，烛光下静思或畅饮，何乐不足？

别样的童年体验

童年是一首诗，也是一首醉人的歌，每个人的童年都有过迷人的体验。童年同样也会杂陈着艰辛和无奈，但在艰辛和无奈中爆发出的蓬勃旺盛的生命力，展示出的温馨美和成熟美更值得我们期盼。童心纯真、至善、唯美，不可蒙以世俗的尘埃。童年美好、天真、烂漫、无忧无虑、充满激情，有梦的童年才是值得怀念、留恋和珍藏的。

王安忆

王安忆（1954 ~），福建同安人，中国当代著名女作家。1978 年开始发表作品，著有《雨，沙沙沙》、《小鲍庄》、《荒山之恋》、《富萍》、《长恨歌》等作品，曾获茅盾文学奖，花踪世界华文文学奖，鲁讯文学奖，红楼梦奖等。作品被译为英、德、荷、法、捷、日、韩、以色列等多种文字，在海内外有广泛声誉的华语作家。

童年的玩具

王安忆

从小，我就是个动作笨拙的孩子。儿童乐园里的各项器械，我都难以胜任。秋千荡不起来，水车也踩不起来，跷跷板，一定要对方是个老手，借他的力才可一起一落，滑梯呢，对我又总是危险的，弄不好就会来个倒栽葱。而且，我很快就超过了儿童乐园所规定的身高，不再允许在器械上玩要。所以，在我记忆中，乐园里的游戏总是没我的份。但是，不要紧，我有我的乐趣，那就是儿童乐园里的沙坑。

那时候，每个儿童乐园里，除了必备的器械以外，都设有几个大沙坑，围满玩沙子的孩子们。去公园的孩子，大都备有一副玩沙子的工具：一个小铅桶和一把小铁铲。沙坑里的沙子都是经过筛选的，黄黄的，细细的，并且一粒一粒很均匀。它在我们的小手里，可变成我们想要的任何东西。它可以是小姑娘过家家的碗盏里的美餐，它可以是男孩子们的战壕和城堡。最无想象力的孩子，至少也可以堆积一座小山包，山头上插一根扫帚苗作旗帜，或者反过来，挖一个大坑，中间蓄上水做一个湖泊。或者，它什么也不做，只是从手心和手指缝里淌过去，手像鱼一样游动在其中，细腻、松软、流畅的摩擦。

不知道是从什么时候开始，儿童乐园里的沙坑渐渐荒凉，它们积起了尘土，原先的金黄色变成了灰白。然后，它们又被踩平踏实，成了一个干涸的土坑。最后，干脆连同儿童乐园一同消失了，取而代之的是大型或者小型的游乐场。过山车，大转盘，宇宙飞船，名目各异，玩法一律是坐上去，固定好，然后飞转，疾驶，发出阵阵尖声锐叫，便完了。

那时候，南京路与黄河路交接的路口上，有一幢三层高的玩具大楼，是星期天里，父母经常带我们光顾的地方。印象中，整个三楼都是娃娃柜台，各式衣裙的娃娃排列在玻璃橱里，看上去真是五彩缤纷。

这时候的娃娃样式基本一致，陶土制的脸和四肢，涂着鲜艳的肉色，轮廓和眉眼都很俊俏，身体是塞了木屑的布袋制成。头戴荷叶边的花帽子，身着连衣裙。彼此间的区别主要是形状的大小、衣裙的样式颜色以及华丽的程度。其时，还没有塑料，娃娃的形象多少有些呆板，衣裙是缝制在身上的，不能脱卸，可这却一点不妨碍我们对它们的信赖，信赖它们的真实性。每个女孩子似乎都至少要有一个娃娃，它是我们的忠实的朋友和玩伴。

当时有一种赛璐珞的娃娃，造型很写实，形状几乎和一个真实的婴儿一般大，裸着身体，可给它穿自制的衣服、鞋袜。可是我的父亲一直记得，他小时候在南洋时，看见过一个孩子将赛璐珞娃娃系在背上，学习那些劳作的闽南妇女的模样，一个调皮的男孩恶作剧地，用火柴点着了娃娃，结果是女孩子和娃娃同归于尽，葬身火海。因而，我们对赛璐珞娃娃始终怀着恐怖的心情，再加上它通体都是一种透明的肉色，眉眼只有轮廓，却不着色，就好像是一个胚胎，这也叫人心生恐怖。所以，我们从来也没有向往过这种娃娃。

后来，我和姐姐得到过一对丽人娃娃，一男一女。他们的形象非常逼真，女孩梳了发辫，不是画在头颅上的，而是真正的毛发编织而成，打着蝴蝶结。在他们比例合格的身体上，穿着绸缎的中式衣裙，衣襟上打着纤巧的盘纽，还有精致的滚边。尤其是足上的一双鞋，是正经纳的底，上的帮，鞋口也滚了边，里面是一双细白纱袜。它们虽是娃娃，看上去却似乎比我们更年长，它们更像是舞台上的一对供观赏的演员，不怎么适合做玩伴的。在最初的惊喜过去之后，它们便被我们打入了冷宫。我们玩得最持久的是一个漆皮娃娃，是我姐姐生日时得到的。许多娃娃都不记得了，唯独这个，记忆深刻，它穿着大红的连衣裤，戴着帽子，衣裤帽子全都是画上去的。它的头很大，肚子也很大，额头和脸颊鼓鼓的。它要比一般娃娃都要肥硕一些，也不像一般娃娃那么脂粉气重，它有些憨，还有些愣，总之，它颇像一个真正的小孩，抱在怀里，满满的一抱。我姐姐整天抱着它，像个小妈妈似的，给它裹着各种衣被。后来，我姐姐生了个男孩，我总觉得这个男孩与那个漆皮娃娃非常相似，也是大脑袋，额头脸颊鼓鼓的。

这时节，电动玩具出场了。我以为，电动玩具是儿童玩具走上末路的开始，它将玩耍的一切过程都替代，或者说剥夺了。我最先得到的电动玩具是一辆小汽车，装上两节电池，便

可行驶，并且鸣响喇叭。它和真的汽车一样有着车灯，向前行驶亮前灯，一旦遇障碍物倒退，则亮尾灯。它还会自动转弯，左边遇障碍物朝右转，右边遇则朝左转，它当然是稀罕的，成了我向小伙伴炫耀的宝贝，但内心里，我对它并没有兴趣，我宁可玩我原先的一辆木头卡车。它的样子笨笨的，可是非常结实。它有着四个大木轮子，车斗也很宽大，我和姐姐各有一辆，她的是红的，我的是绿的。我以为，父母实际上在心里准备我是一个男孩，所以总是分配给姐姐红的，而我是绿的。在装束上，姐姐留长发，我则是短发。这辆卡车没有任何机械装置，我就在车头上拴一根绳子，拖着走。车斗坐了我的娃娃，以及它的被子、碗盏，还有一些供我自己享用的糖果饼干，然后，就可上外婆家了。

那种机械装置的玩具，其实也是单调的。有一次，爸爸带我去方才说的那家玩具大楼买玩具。他为我买了一个莲花里的芭蕾舞女，就是说，一朵合拢的莲花苞，一推手柄，莲花便旋转着盛开了，里面是一个立着足尖跳舞的女演员，还买了一个翻斤斗的猴子。我爸爸给我们买玩具，不如说是给他自己买玩具，是出于他的喜好。曾有一次，他给我买了一只会喝水的小鸭子。这鸭子身上有一个循环的装置，可不停地低头喝水，水呢，从嘴里进去，再流入杯中，永远喝个没完，他大感惊讶，赞叹不已，立即又去买了一只，让它们面对面立着，一个起一个落地从一个冰淇淋杯中汲水喝。而我看不多久便觉索然，它们喝得再棒我也插不进手去，终是个旁观者。这一天的情形也大致相同。买了玩具，我们又去对面的著名粤菜馆新亚饭店吃饭，一边等着上菜，一边我就迫不及待打开纸盒，坐在火车座旁的地板上玩了起来。

那猴子劈里啪啦地翻着斤斗，从这头翻到那头，没等一圈发条走完，我已经腻了，走了开去，剩下爸爸和饭店里跑堂的，背着手饶有兴趣地欣赏着。

这时节，玩具做得越发精致了。记得有一套小家具，全是木制的，大橱就像火柴盒大小，橱门可关或开，五斗橱的抽屉均可推拉，每一关节，都细致地打着榫头，严丝密缝。还有一副小餐具，其中的一把筷子竟是真正的漆筷，头和梢是橘红色的，中间则是黑底盘丝花。但这些说是玩具，却更像是工艺品，看起来很好，却没有什么玩头，你能拿它做什么？

许多好玩的玩具都是简单的，比如积木，是我永远玩不腻的。还有游戏棒，它也有着奇异的吸引力。从错综交叠的游戏棒中，单独抽出一根，不能触动其他，无疑是个挑战，要求你镇静，稳定，灵巧，并且要有准确的判断力，判断哪一根游戏棒虽然处境复杂，可其实却是互不干扰的一根，或者正反过来，某一根看上去与周围不怎么相干，其实却是唇齿相依，一枝动百枝摇。还有万花筒，它随着手的轻轻转动变幻出无穷无尽、永不重复的图案，这一刻无法预测下一刻，从一个小眼里望进去的，竟是那样一个绚丽的世界。后来，万花筒里的碎玻璃被塑料片取代了，这世界便大大逊色，不再有那么金碧辉煌的亮色。塑料片不仅没有碎玻璃的晶莹，也没有碎玻璃的多棱面，那种交相辉映的灿烂便消失殆尽。塑料工业的诞生其实是极大地损伤了儿童玩具，它似乎有着模仿一切的性能，事实上，却是以歪曲本质为代价的，万花筒就是一个明证。

上小学的时候，我们曾经在一家街道工厂进行课外劳动。这家工厂就生产塑料娃娃，从模子里压出的各色娃娃盛在纸箱里，一大箱一大箱的，工场又是在一个通风不良的阁楼上，于是，便壅塞着塑料的古怪的甜腥气。一个有腿疾的男工，迈着不能合拢的八字状的双腿，吃力地搬动着这些纸箱，整个情景都是令人沮丧，并且心生抑郁。

就像方才说的，父母无意中分配我和姐姐担任不同的角色，姐姐一定是女孩子无疑，他们有特别纵容女孩子的特性，他们给她买珠子。这些珠子实在美丽极了，形状颜色各异，分门别类地安放在一个大玻璃盒里。当然，除了这样昂贵的珠子外，还有许多散装的珠子，廉价一些的，但也同样多姿多彩。时常也带她去挑选一些，扩充她的珠子的库存。她拿根针，引根线，将珠子穿成各种饰物。而爸爸妈妈似乎从来不以为我也是需要珠子的，我只能蹭着玩一点，暗中满足一下自己被忽略的需要。父母分配给我的爱好是一套建筑积木，是一整座中苏友好大厦，也就是现在的上海展览馆的模型，全由白木做成。记得定价是十五元，这在当时称得上是天价。事实上，这套建筑积木从来没有属于过我，它一直陈列在淮海路，我家附近的一间文具店里。说实在的，它已不仅仅是一副玩具了，而是近似于船模航模一类的训练性质的模具。母亲许诺我，倘若我能考上市重点中学——上海中学，便送给我。可是，没等到考中学，文化大革命就开始了，学校停课。这套模具不知什么时候收起了，反正我再也没有看见过它了。

至于南京路黄河路口的那座玩具大楼，“文化大革命”中我和妈妈还去过一回，它已经成了一家百货性质的商店，但还保留有相当面积的玩具柜台，柜台里其实也萧条得很了。还记得有三尊娃娃，分别是样板戏《红灯记》里的李奶奶、李玉和、李铁梅。妈妈被李玉和逗乐了，说了声“这个小干部!”现在，这已经变成了一家工艺品商店。所谓的工艺品就是一些机绣的桌布、手绢，粗制的玻璃器皿，以及民族服饰等等。

我们还曾经有过一样特别有趣的玩具，那是一架投影幻灯机，是我们的三舅舅送给我们的。我三舅舅是个对生活很有兴致的人，他经常别出心裁地做一些小玩意儿。那时候，一般家庭都没有冰箱，到了盛夏，剩菜很不容易保存。他就用几个饼干箱的铁皮圆盖，钻三个眼，一节一节地串起来，每一层可放一碗菜，然后挂在风口。他还喜欢拍照，拍过之后，再将照相机镜头取下来，临时制作一架扩大机，冲洗扩印照片。这一回，他送我们的投影幻灯机也是自己制作的，幻灯片是从什么地方淘来的电影厂的废胶片。他很耐心地将这些废胶片挑选出来，按着电影的名目分别组合，并且尽可能根据电影情节的顺序，制成一条条的幻灯卡。其中有越剧《红楼梦》、《追鱼》，张瑞芳主演的《万紫千红》等等。此时，将临文化大革命，市面上已经没多少电影可看，所以，这台幻灯机使我们不仅在孩子中，也在大人中间，大出风头。我们常常在家中开映，电灯一关，人们立刻噤声，电影就开场了。这台幻灯机伴随了我们很长时间，在文化大革命中的那些寂寞的日子里，没有娱乐可言，我们就看幻灯片。那时候，我们的玩伴中有三姐妹，是上海电影厂的一位著名编剧的孩子，她们家历经数次抄家，竟还遗留下一些《大众电影》画报。那些天，我们就是这样，拉上窗帘，躲在幽暗的房间里，看着电影画报，和墙上映出的幻灯投影，讨论着旧电影中的细节和男女明星，渐渐地结束了我们的儿童时代。

牵手阅读：

本文作者回忆起童年的玩具，可谓数不胜数，如游乐场的宇宙飞船、赛璐珞的娃娃、丽人娃娃、时尚的电动玩具车、莲花里的芭蕾舞女、会翻斤斗的猴子，等等。但当这些玩具做得越发精致时，“我”却依旧怀念儿童乐园里的沙坑，百玩不腻的积木，玻璃碎片万花筒，舅舅自制的幻灯机等。作者侃侃而谈童年时的“我”对玩具的审美取舍，用独特的方式挖掘着生命和生活中的美，表达自己丰富的心灵世界和对童年生活的深深怀念。文章字里行间闪烁着一位现代知识女性理性的光芒，能给少年读者以多种启发。

刘庆邦

（1951～），河南沈丘人，当代著名作家，1967年毕业于河南沈丘第四中学，1978年开始发表作品，代表作《梅妞放羊》、《鞋》、《远方诗意》、《平原上的歌谣》等，曾获鲁迅文学奖、老舍文学奖、林斤澜短篇小说奖等多种奖项，作品被译成英、法、日、俄、德、意大利等多国文字。

少　男

刘庆邦

母亲和姐姐在屋里商量什么事儿，河生一进来，她们就不说话了，两个人都看着河生。河生觉出来，母亲和姐姐不是真正看他，而是还“看着”她们刚才商量的事儿，只要他一离开，母亲和姐姐就会接着商量。河生不是那种爱打听事儿的孩子，也很有眼色，他到屋里没停留，原地转了一圈就出来了。

母亲和姐姐好像这才看见他了，表示重视似的喊着他的名字，一个问他到哪儿去，一个让他早点回来。河生含混地答应着只管走了。刚过罢春节，地上到处都是破碎的鞭炮屑。人们过年的兴奋劲儿已过，见面互相说的是“年又跑远了”之类的话，散布的是失落的空气。河生没有走远，出了院子，他把两只手往两只袄袖筒里互相一插，靠着院墙外的一棵苦楝树站下了。他这种站法是一种传统的姿态，村里不论老头儿还是妇女，无事时都习惯这样静默中带点懒散地靠树站着。加上河生穿的是一身黑粗布的棉袄棉裤，脚上穿的是一双芦苇穗子编成的木底大草鞋，从远处很难分辨出他的实际年龄，有人或许以为他是一个小老头儿呢！只有走近了才会看清，他不过是个十二三岁的男孩子。他鼻子饱饱的，脸蛋儿鼓鼓的，一切还没有真正长开。只是他的眼神有些警惕，还有些忧郁，不像这么大的男孩子应有的神情。

他想，母亲和姐姐一定有什么事瞒着他，这件事大概与姐姐有关，因为他看见姐姐的脸色发黄，眼圈很红，像是哭过的样子。会是什么事儿呢？

河生的父亲死得早，河生是这家的长子。长子对于一个家庭的责任是重大的。父亲临死时，母亲没叫姐姐，也没叫弟弟和妹妹，只把他一个人叫到床前，让他问问父亲有什么临终的话要说。父亲什么话也没说成，只看了他一眼，就永远把眼合了。只这一眼，就足以让河生记一辈子了。大概就是这一眼的缘故，以后家里有什么事，母亲和姐姐不但不瞒他，还愿意跟他说说，听听他的主意。队里分红薯时，会计需在分给他家的那堆红薯中挑一个最大的红薯刻上户主的名字，母亲郑重提议，户主不再刻父亲的名字了，换上了他的名字。河生懂得，这是家里人有意锻炼他，在逐步确立他的长子地位。对家中遇到的事情，河生虽然还说不出什么像样的主意，但他开始长心了，有事无事都蹙着眉头，一副小父亲的样子。

河生很快就知道了母亲和姐姐商量的是什么事，原来姐姐定亲了。这样的事情，母亲和姐姐当然不愿让他知道，他毕竟还小，对男婚女嫁的事一点经验也没有。她们瞒着他，不是不信任他，而是对他单纯明净的心取保护之意，人间男女之事，该知道时自然就知道了，知道早了不见得有什么好处。可河生还是知道了，上面说过，他开始长心了，他对家政隐隐约约有了参与意识，这样大的事情，怎么能瞒得过他那敏感的眼睛呢！

河生心里一点也不释然。姐姐定亲，就意味着姐姐有了婆家，不定哪一天，姐姐就会被人家娶走，变成别的村、别的人家的人，到那时，他就很少见到姐姐了，这是河生不大容易接受的。

河生从刚会走路时，就由姐姐领着他玩。可以说，他跟姐姐在一块儿的时间比跟母亲在一块儿的时间还多。比如他是一只鸟，母亲把他孵出来，却是比他早出生几年的姐姐带他飞来飞去，使他一天天练硬了翅膀根子。姐姐教他上树摘果，下河摸鱼。姐姐不厌其烦地为他娶新媳妇儿，娶了一个又一个。哪个小妮子不愿给他当新媳妇儿，姐姐就作恼样子，拒绝跟人家玩。若是谁胆敢欺负他，姐姐跃起来就跟人家厮打。不管对方是女孩子还是男孩子，个子小还是个子大，姐姐一概不怕。姐姐不惜撕乱了头发辫子，也不惜撕破衣服，直到把对方打败为止。他到了上学年龄，母亲就不许姐姐再上学，硬把姐姐从课堂上拉回来。姐姐很快就理解了，他们家经济能力有限，几个孩子不能都上学。河生是这个家的重点，为了确保重点，别的家庭成员就得作出牺牲。姐姐退学后，因年龄小，还没资格随妇女劳力下地挣工分，就天天拿着铲子，扛着大荆条筐，到地里薅草。姐姐把青草晒干，攒够两大捆了，就挑到街上干草收购点去卖。不管卖得三毛五毛，姐姐都一分不剩地交给母亲。母亲用这钱给家里买盐，买点灯用的煤油，或留着给河生交学费。有一天，姐姐到远处薅草，清早和中午都没回家吃饭。下午他放学后，母亲让他赶快去给姐姐送一块红薯，并把姐姐接回来。他来到一座桥上，见一个人后面背着一大筐草，前面还搭着一大捆草，正草山一样向他移来。他不敢肯定驮草的人是不是姐姐，因那座“草山”把人遮住了，既看不见来人的腿和脚，也看不见头和脸。他跑近一看，果然是姐姐。他喊了一声姐。不好了，姐姐连累带饿，把草放在地上后，顿时脸色苍白，脑门大汗珠子直冒，晕得睁不开眼。他把红薯给姐姐吃了，姐姐才恢复了体力，二人一块儿把“草山”搬了回去。姐姐平常舍不得让他干活儿，每天用一对大木水筲去吃水井挑水，都是姐姐去。姐姐怕把他压得长不高，将来撑不起这个家的门面。姐姐获准可以下地干活儿挣工分后，不到一年就当上了生产队的妇女队长，连母亲也归姐姐管了。多少年来，河生已对姐姐产生了深深的依赖之情，他原以为姐姐会一直在这个家里，一年又一年地跟全家人一块儿过中秋节，过春节，永不中断。姐姐定亲的事对他来说有些突然，他的心像是受到了某种打击，情绪低落，沉闷，还有一些伤感。河生不能想象，姐姐以后到了别人家，人是生的，地是生的，房子里的一切都是生的，日子该怎么过。姐姐不定亲就不行吗？干吗非要定亲呢！作为一个长子，河生觉得他有责任干预这件事。至于怎么干预，他得好好想想。河生在睡觉前反复默念父亲，盼望父亲能在睡梦里教给他处理这类事情的办法。可父亲故意考验他似的，连面儿都不在他梦里露一个。

河生想起来了，在年前年后，怪不得村里那个老太婆总往他家里跑，一定是她给姐姐介绍的对象。河生以前就对老太婆印象不好，老太婆满脸皱纹，眼珠却很亮。老太婆小脚尖尖的，走路却很快。老太婆仿佛对村里每一个姑娘都不放过，见哪个姑娘长成了，她就不失时机地找到人家门上去了，再三再

四地要把人家好不容易养大的姑娘介绍出去。河生所知，村里好几个姑娘都是老太婆弄走的，一挂车或一顶轿来了，那些姑娘都哭哭啼啼，显得很不情愿。这时候，那个老太婆不再露面，不知躲到哪里去了。河生看过一些书，他总是把老太婆和书中的那些叛徒联系起来，他觉得，老太婆就是他们村的叛徒，是她把刚刚有些模样的姑娘出卖了，由于她的告密和出卖，外面才来人把那些无辜的姑娘带走。现在“叛徒”出卖到他姐姐头上来了，他有些不能容忍，觉得应该给“叛徒”一点颜色看。

他到老太婆家门口去了，故意让老太婆看见他，老太婆热情地喊他时，他却不答应，连看老太婆一眼都不看。他用力把脚前的一个白菜疙瘩踢远，或从柴垛上抽出一根芝麻秆，再用芝麻秆抽打柴垛。他用这种办法向老太婆示威。老太婆刚要走近他，让他帮着打一罐子水，河生转身就走了。河生这样向老太婆示了好几次威，老太婆似乎才有所察觉，有一次她追着河生，很神秘地要跟河生说句话，河生坚决地说“不听”，她还是说了，她说是要河生别着急，她一定给河生说一个花媳妇儿。河生心想，看来老太婆这个毛病是改不掉了。

河生倒没看出姐姐有什么不高兴。姐姐开始为自己准备嫁妆。她把线穗子做成线拐子，把线拐子染成黑的红的等多种颜色，拿用薄烙馍洗成的白面浆子浆过，晾干，又经过好几道复杂工序，才装到织布机上。姐姐织布是很好看的，她的两只手和两只脚都要动，脚一动，经线就张开了；手一动，红梨木做成的木梭就拖着纬线从张开的经线中间穿过去了。织布机上方有两个被称为“磕头虫”的东西，姐姐的脚在下面踏一下，“磕头虫”就点一下头，像是表示认可，说：“好的、好的。”光滑如玉的梭子如同沾在姐姐手上，它在姐姐两手之间飞来飞去，每一次都飞得恰到好处。织布机发出的声音不是单调儿，是复调儿，仿佛通过织布机把多种檀板清歌一样的音响也交织在一起，节奏明快，优美动听。姐姐就是这样一根线一根线地织上去，织就了成卷儿散发着清香气味儿的花方格布。姐姐把一匹布卸下来，装进箱子里，接着织下一匹。河生注意过，姐姐从织布机上往下哗哗地卸布时，嘴角和眉梢儿都带着掩饰不住的笑意。姐姐还会让人给她打一个大桐木箱子，把攒下的布匹倒腾到大箱子里，出嫁时都带走，然后细水长流地用那些花布做衣服，人家一夸姐姐心灵手巧，姐姐就该笑了。姐姐跟以前是有些不大一样，现在姐姐的脸一直红红的，油光闪亮的。姐姐的两条辫子粗粗壮壮，好像一把都抓不过来。这一切都表明，姐姐定亲的事大概不可挽回了。

姐姐还变得比以前爱唱戏。河生好几次听见姐姐一个人在屋里偷偷地唱，姐姐唱罢一段，叹一口气，稍停一会儿再唱。姐姐有时唱的是古装戏里的戏文："叫官人你听我细说端详……"有时是看到窗外的景物，即编即唱，看见下雨就唱下雨，看见杏花开了就唱杏花："天上下雨细纷纷，一树杏花红洇洇……"听到有人进屋，姐姐就不唱了。姐姐装作什么都没唱过，咳咳喉咙，说嗓子怎么有点痒呢，就应付过去了。

这天下雨，地里没法干活儿，姐姐在家纳鞋底。邻家有两个和姐姐年龄相仿的姐妹，也在河生家里做针线活儿。她们说笑了一会儿，邻家一个姐姐提议让河生唱一支歌，她把歌名都点出来了，说听河生的姐姐说过，河生唱得好着呢。

姐姐定亲的事还在河生心上压着，他哪里有心唱什么歌。他的脸羞红着，说不会唱。

那个姐姐让他别谦虚了，说当学生的哪有不会唱歌的，好了，唱吧。

河生还说他不会唱。

这是姐姐发话，姐姐说："河生，唱一个吧，就唱一个。"

河生看了看姐姐，姐姐正在微笑着看着他，眼神十分恳切。既然姐姐也让他唱，他就不好不唱。姐姐没让他做过什么事儿，这点事儿他不能拒绝姐姐。他向一侧仰起脸，像是想想歌词，调动一下情绪，看样子要唱了，可他又难为情地笑了。他和姐姐一样，也爱一个人偷偷地唱，他在高粱地深处唱，在茂密的苇子园里唱。在那些地方，他仰面躺在地上，看着飘动的高粱叶和苇子叶上方露出的高远的蓝天，唱得十分投入和动情。他相信没人会听见他唱。他是唱给自己听的。他唱了一支歌又一支歌，每一次都把自己的眼角感动得湿漉漉的。唱罢了，他就睡着了。一觉醒来，他眼角还有些痒痒。他提了一个要求，到里间屋去唱。外屋和里间屋只隔一层高粱秆织成的箔篱，不会影响听，姐姐们同意了。她们有些发笑，认为河生比一个闺女家还知道害羞啊！

河生在里间屋，面向墙壁，开始唱了。他觉得自己发挥得一点也不好，声音发颤，唱得有点像哭。可姐姐们听得静悄悄的，都夸他唱得真好，真好。

后来，河生知道了姐姐的对象是哪个村的。那个村离他们的村不太远，只隔一条河，走过一座桥就到了。他还知道了那个人的名字。这些都不是他打听到的，是偶尔听人说的，别人随便一说，他就记住了。河生觉得那个人的名字生硬蹩脚得很，一点也不好听。一想到姐姐的名字要和那个人的名字联系在一起，他不得不把那个人叫姐夫，就觉得有一种外来的东西在强加给他，他心里有一种说不出来的别扭。他在心里暗暗发誓，他只承认姐姐，决不承认姐夫，这一辈子谁也别打算让他叫一声姐夫。

夏季的一天午后，河生听见不知谁喊了一声，到河里摸鱼去啦。村里的男人们和男孩子们闻风纷纷出动，有网的拿网，没网的提着两只手，准备趁浑水摸鱼。这里河面较宽，人少了搅不浑水，很难逮到鱼，所以逮鱼一向都是集体行为。河生对逮鱼是很感兴趣的，一听到消息，他马上顶着炽热的太阳向河边跑去。河里已下进不少人，把河面拦成好几道，最前面的是提网队，中间是抬网队，后面更多的是徒手摸鱼的队伍。河水被翻腾得泥浆浆的，断了根的水草漂浮在水面上，不断有人往岸上扔大鱼小鱼，满河里你呼我叫，人鱼之战打得相当热闹。河生发现，对岸那个村里的人也到河里逮鱼来了，他想，跟姐姐定亲的那个人会不会也在其中呢？这样想着，他对逮鱼的兴趣一下子减弱不少。要是在往常，他会很快甩掉鞋子和短裤，扑在河里摸上一气，今天他犹犹豫豫的，到底没有下水，只站在岸上看。他不敢看那个村的人，还是禁不住看了。那些男人都赤裸着黑红的脊梁，脸上都溅满白泥点子，一个比一个丑陋。他不相信那些人里会有跟姐姐定亲的那个人，但不知为什么，他总是有些担心，担心那个人会突然从逮鱼的队伍里冒出来。真是怕鬼有鬼，那个人果然出现了。那个人用提网捕到一条黑鱼，因黑鱼过分大一些，像一头猪娃子一样在网里乱折腾，那个人赶紧用网把黑鱼兜到岸上去了。这时有人喊那个人的名字，河生心里一惊，这个名字正是河生认为“一点也不好听”的那个名字。他赶紧躲到一丛蓖麻下面的阴影里去了，他害怕有人看到他，对他说：“河生，河生，你看，那个捉到黑鱼的人就是你姐夫。”那样他会无地自容的。水里的人心思和兴奋点都在鱼上，根本没人注意他，他还是有些紧张，仿佛跟那个人定亲的不是他姐姐，而是他，他已被人家捉进网里去了，怎么挣扎也无济于事。他不再跟着在河里行进的队伍看逮鱼了，嘈杂的人群渐渐远去，他还呆呆地站在蓖麻下不动。他热得满脸通红，胸口出了不少汗。有条鱼被泥水呛得张着木碗一样的大嘴浮上水面呼吸，他没有去逮。他老是想，姐姐怎么能跟这样的人定亲呢！说实在话，那个人个头不低，身体结实，不缺鼻子不少眼，看不出有什么毛病，可是不行，他接受不了。他没想过姐姐应该和什么样的人定亲，也许配得上姐姐的人还不存在，反正不是像捉黑鱼的人这样的。

回到家，姐姐的目光接着他，问他逮鱼的人多不多？他不想说话，只说了一个字：多。姐姐问他怎么没下河？他嗯了一声，低着眉往里间屋走。他看见，姐姐手里正纳着一只鞋底，鞋底很厚，是千层底，鞋底的布是雪白的，底上纳的是细密有序的枣花图案。河生知道，姐姐手中的鞋底是为那个人纳的。那个人正一身水两脚泥地在河里逮鱼，姐姐却在这里精心地给人家做鞋，那样的人，那样的脚，凭什么让姐姐给他做这么好的鞋呢！河生似乎对姐姐的眼光产生了怀疑，并对姐姐整个人也有些不恭，好像那个人有两脚泥，姐姐脚上也必定会沾上泥似的。

姐姐的问题还没有完。有些问题姐姐大概不好直接问，就绕了个弯子，说割麦用镰，捕鱼用网，家里要结一张网就好了。接着姐姐像是顺便问了一句，逮鱼的有没有外村的人。河生一下子就把姐姐的心思猜到了，什么结网不结网，逮鱼不逮鱼，姐姐并不关心，姐姐关心的是人，是外村那个和姐姐订下终身大事的小伙子，要是河生把那个小伙子用提网捉到一条大黑鱼的事对姐姐讲了，姐姐害羞之后，一定心满意足。河生才不讲呢，他装作没听见姐姐的问话，装作被太阳晒得有些头蒙，躺在床上闭着眼，连嗯一声也没嗯。

姐姐拿着鞋底到里间屋来了，把河生从头到脚看了看，有些小心地问："河生，你怎么了？谁欺负你了？"

河生想不起有谁欺负过他，那个小伙子虽然看上去力气很大，虽然捉到了一条黑鱼，那不能算欺负他。按河生现在的心情，倒是愿意有人欺负他，谁要欺负他，他就马上和谁拼命，力气再大他也不怕。他否认了有谁欺负过他，说他只是困了，想睡会儿觉。

姐姐犹豫了一下，像是还有话要跟河生说，却没有说，只说："想睡你就睡吧。"姐姐回到外屋继续纳鞋底去了。为了避免纳鞋底的线过多地出现接头，姐姐把白线搓得很长，正面扎一针，得从背面拉好几把才能把线拉尽。往日姐姐拉线是很快的，胳膊舒展地扬动着，三把两把就把线拉过去了。长线穿过鞋底的声音也很好听。今天姐姐回到外屋再纳鞋底时，显得有些迟疑，声响也滞重沉闷，不够连贯。姐姐大概怕影响河生睡觉，到院子里纳鞋底去了。姐姐到了院子里，纳鞋底的声音便中断了。河生悄悄起来从窗户里侧往外一看，原来姐姐没再纳鞋底，姐姐把长线缠绕在鞋底上，把鞋底夹放在石榴树的枝杈上，独自坐在树荫下面一个小凳子上出神。姐姐摘下一片石榴叶，手捏着含在唇边，一副不辨榴叶是何叶的样子。姐姐的目光呆呆地瞅着一个地方，像是什么也没有看见。院子里很静，知了在树上扯着嗓子叫，仿佛对世界上的事全都"知了"。知了叫得越响，院子里显得越静。河生想到，他对姐姐做得是不是过分了。他有些后悔，有心跟姐姐说一句话，又想不起说什么好，只好蔫蔫地回到床上，真的去睡了。

姐姐向母亲建议，给河生做一条洋布裤子，河生都是穿家织的土布裤子，还从来没穿过洋布裤子。姐姐说河生大了，该打扮打扮了。姐姐说这些话是在一天晚饭后，屋里点着一盏煤油灯。姐姐在跟母亲建议时，没有看河生，可河生听得出来，姐姐的话是说给他听的。他近日对姐姐的态度不大好，姐姐一定察觉到了，想拿做裤子的事让他高兴起来。河生还听出来，姐姐的口气有点讨好他，这让他心里很是不安。河生知道，买一块洋布要花一笔不小的钱，恐怕把他家中半年吃盐和买煤油的钱都花掉了。连姐姐还没舍得做一条洋布裤子，他怎么好意思花家里的钱呢！他说不要。母亲看看河生，可能一时拿不定主意，没有表态。姐姐又说，给河生做一条吧，学校里有那么多女同学，别让人家笑话我弟弟没穿过洋布裤子。姐姐提到女同学，把做裤子的事和女同学联系起来，使河生一下子非常害臊。姐姐自己定了亲，老想着定亲的事，就为别人操心，要把他也拉上，一定是这样的。姐姐或许以此提醒他，不管是谁，长大了都要定亲，这是没办法的事，姐姐也无可奈何。河生说不要，他口气很坚决，说他只喜欢土布裤子，不喜欢洋布裤子。可是母亲采纳了姐姐的建议，母亲说：下个集就去买布吧。

布买回来，姐姐比着河生的身体裁好，仿照缝纫机的针法，一针一线地缝制。河生一看见姐姐缝裤子，就难免记起姐姐说的关于女同学的话，他把班里的每个女同学都在脑子过了一遍，判断不出哪个女同学会因他常年穿土布裤子而笑话他。那么，等他穿上新的洋布裤子之后，那不知名的女同学会不会偷偷地多看他几眼呢！这样想着，河生心里悄悄泛起一种从未有的东西，有些柔软，有些滋润，还有些漫无边际的忧愁……他弄不清自己了。

到了秋后，事情发生了意外的变化，姐姐定亲的事不算数了。原来跟姐姐定亲的那个小伙子到外地参加工作去了，工作一段时间后，他就给家里写信，让家里人替他退亲。起初河生不知道退亲的事，母亲和姐姐像当初瞒定亲的事一样瞒着他。河生只是觉得家里气氛不太对劲，沉重得很。比如姐姐做好了饭却不吃，自己躲到一边去了。母亲一而再、再而三地劝她吃，她才端起了饭碗。她刚端起饭碗，眼泪就涌出来，一串一串往碗里掉。她只得扭过脸去，把饭碗放下。比如有天早上，河生看见姐姐的眼睛肿得很大，只剩下一条细缝。姐姐的眼睛不光是红，眼睑肿得鼓起一道透明的水泡儿，仿佛泪水太多，出现回流，把眼睑也充满了。还有，母亲的脾气突然变得十分不好，她指使河生的妹妹把屋后那棵椿树上的老鸹窝马上拆掉，拆得一枝不剩。妹妹的动作稍慢一点，她差点拧了妹妹的耳朵。河生感到，家里一定发生了什么重大的事，这件事构成了对母亲和姐姐的打击，母亲和姐姐晕头转向，像是承受不起了。河生想，这件事必定与姐姐定亲的事有关，是不是男方择好了吉日，要马上把姐姐娶走呢？河生只想到这一层，没想到会是人家退亲。

河生是在邻居家听说了姐姐遭退亲的事。人家当成一件平常事随便说说，河生一听准，像被人当头砸了一砖，头发空，腿发软，小脸顿时变得苍白。河生对姐姐定亲的事一直不太认可，按理说，他听到退亲的事应当有一种解脱感才对，可不知为什么，他受到的打击似乎比母亲和姐姐还沉重。退亲的意思他明白，就是人家原来认为姐姐是可以的，现在认为不可以了，就不要姐姐了。说得难听一点，就是跟姐姐吹了，把姐姐抛弃了。河生觉得，这件事不仅对姐姐是一个侮辱，对母亲，对他们全家都是一个严重的耍弄和侮辱。姐姐是天下最好的姐姐，他不明白竟有人这样无理地对待姐姐，实在让人愤恨。河生真想为姐姐出这口气。出气找不到对象，他就转向了委屈。他无端地想，要是父亲还活着，一切由父亲做主，姐姐绝不会受这么大的气，都是因为父亲死了，人家就欺负他们。而父亲死后，一切责任都是他这个长子担着，他这个长子当的是什么，简直连狗屁也不如，活着还不如死了好。他越想，越觉得家里的不幸都是他造成的，他的负疚感越重，委屈也更大。

这回轮到河生不吃饭。母亲问为什么，他撅着嘴不说。母亲骂了他，说要有志气，一辈子都别吃。到了第二顿，他果然还不吃。母亲以为他在学校受了气，就到处跑着去问老师，问同学，结果也没问出什么。母亲回过头再问他心里到底有什么事，为什么不吃饭。他没说出什么事，只说不饿，不想吃。母亲气得要打他，没打成，自己先哭了，母亲一哭，就把姐姐的事说出来了。母亲还提到了父亲，对父亲有所埋怨，说他们的父亲要是还活着，她哪至于遭这么大的罪。

河生的委屈是一个大包，母亲的话把他的委屈捅破了，他虽然咬着牙对自己说，我是长子，我不哭，我不哭，可他到底没能咬住，噢的一声就哭倒在地。

他哭了一会儿就不哭了，他心里突然升起一个庄严的念头：从今以后，我要好好读书……

（原载《山花》1997 年第 1 期）

牵手阅读：

孟子曰："故天将降大任于斯人也，必先苦其心志，劳其筋骨，饿其体肤，空乏其身，行拂乱其所为，所以动心忍性，曾益其所不能。"一个人要承"大任"，必定要经受住冰与火的考验，这个考验的过程就叫作"成长"。刘庆邦的这篇小说就与"成长"有关。主人公河生是个失怙少年，他敏感羞涩，却又懂事坚强；他有责任有担当，却又涉世不深十分懵懂；他感情细腻心地善良，却又面色忧郁心事重重。青少年的成长是一系列的生理与心理的变化过程，然而一个人真正成熟的标志是心智的成熟。

少年河生，不过是十二三岁的男孩子，却满脸忧郁，幼年失怙的确是人生的一大悲剧。父亲的早逝，使生活的重担落在河生稚嫩而柔弱的肩膀上，也压在他幼小的心坎上。河生在思念亡父的同时，更多地把爱倾注在自己姐姐的身上。姐姐的婚事，使他在理性与情感中挣扎，渐渐地发生了转变。姐姐婚事的变故，令河生产生一种深深的负罪感。痛哭之余，他心里突然升起一个庄严的念头：从今以后，要好好读书。河生在痛苦、自卑、无助中艰难成长，本文揭示出失怙孩子成长之艰辛。他们往往肩负着与其年龄、心理极不相称的重担，这对于孩子来讲，简直不啻于心灵的酷刑。但在人格心理与思想发生突变的同时，河生身上更激发出一种蓬勃旺盛的生命力和积极向上、顽强不屈的可贵精神。

失怙少年河生敏感而忧郁，其感情细腻复杂，精神奋发向上，都给我们留下了深深的印象。此外，简单素朴的语言与微妙细腻的心理描写是这篇文章的主要特色，浓重的乡土味与常态的生活化描写也为文章增色不少。

铁 凝

(1957～)，女，祖籍河北赵县，生于北京。当代著名作家，现为中国作家协会主席。作品有长篇小说《玫瑰门》、《无雨之城》、《大浴女》、《笨花》，小说集《哦，香雪》、《麦秸垛》、《孕妇和牛》等。散文集《女人的白夜》获首届鲁迅文学奖，中篇小说《永远有多远》获第二届鲁迅文学奖。根据小说改编的电影《哦，香雪》获第41届柏林国际电影节青春片最高奖，电影《红衣少女》获1985年中国电影“金鸡奖”、“百花奖”优秀故事片奖。作品被译为英、法、德、日、俄、丹麦、西班牙等多国文字。

一千张糖纸

铁 凝

那是小学一年级的暑假里，我去北京外婆家做客。正是“七岁八岁讨人嫌”的年龄，加之隔壁院子一个名叫世香的女孩子跑来和我做朋友，我们两个人的种种游戏使外婆家不得安宁了。笑呀，闹啊，四合院里到处充满我们的声音。

表姑在外婆家里养病，她被闹得坐不住了。一天，她对我们说："你们怎么就不知道累呢？"我和世香相互看看，没名堂地笑起来。是啊，什么叫累呢？我们从没想过。累，离我们多么遥远啊！有时听大人们说："噢，累死我了。"他们累是因为他们是大人呀。当我们终于笑得不笑了，表姑又说："世香呀，你不是有一些糖纸吗，你们为什么不再多找一些漂亮的糖纸呢，多好玩呀！"我想起世香的确让我参观过她攒的一些糖纸，那是几十张美丽的玻璃糖纸，被夹在一本薄薄的书里。可我既没有对她的糖纸产生过兴趣，也不觉得糖纸有什么好玩。世香却来了兴致，她问表姑："您为什么要我们攒糖纸呀？""攒够一千张糖纸，表姑就能换给你一只电动狗，会汪汪叫的那一种。"

我和世香惊呆了。电动狗也许不让今天的孩子稀奇，但在二十多年前我童年的那个时代，表姑的许诺足以使我们激动很久。那该是怎样一笔财富，那该是怎样一份快乐？

从此我和世香再也不吵吵闹闹了。外婆的四合院也安静如初了。我们走街串巷，寻找被遗弃在犄角旮旯的糖纸。那时候糖纸并不是随处可见的。我们会追逐着一张随风飘舞的糖纸在胡同里一跑半天的；我和世香的零花钱都买了糖——我们的钱也仅够买几十颗，然后我们突击吃糖，也不顾糖把嗓子齁得生疼；我们还守候在食品店的糖果柜台前，耐心等待那些领着孩子前来买糖的大人，等待他们买糖之后剥开一块放进孩子的嘴，那时我们会飞速捡起落在地上的糖纸，一张糖纸就是一点希望呀！

我们把那些皱皱巴巴的糖纸带回家，泡在脸盆里把它们洗干净，使它们舒展开来，然后一张张贴在玻璃窗上，等待着它们干了后再轻轻揭下来，糖纸平整如新。暑假就要结束了，我和世香终于每人都攒够了一千张糖纸。

一个下午，我们跑到表姑跟前，献上了两千张糖纸，表姑不解地问："你们这是干什么呀？""狗呢，我们的电动狗呢？"

表姑愣了一下，接着就笑起来，笑得没完没了，上气不接下气。待她笑得不笑了，才擦着笑出的泪花说："表姑逗着你们玩哪，嫌你们老在园子里闹，不得清静。"世香看了我一眼，眼里满是悲愤和绝望。我觉得还有对我的藐视——毕竟这个逗我们玩的人是我的表姑啊。

这时，我忽然有一种很累的感觉，我初次体味到大人常说的累，原来就是胸膛里的那颗心突然加重吧。

我和世香走出院子，我俩不约而同地把那精心"打扮"过的那一千张糖纸扔向天空，任它们像彩蝶随风飘去。

我长大了，每逢看见"欺骗"这个词，总是马上联想起那一千张糖纸——孩子是可以批评的，孩子是可以责怪的，但孩子不可以欺骗，欺骗是最深重的伤害。

我已经长大成人，可所有的大人不都是从孩童时代走来的吗？

牵手阅读：

童心纯真，不可胡乱许以美丽的谎言；童心至善，不可渗以成人的谲诈；童心唯美，不可蒙以世俗的尘埃。在很多人眼中，童年是美好的，是天真烂漫、无忧无虑、充满激情与活力的，是值得怀念和留恋的。童年时的我们有时会打打闹闹，你追我赶，甚至会肆无忌惮、毫无顾忌地闹腾，但我们感觉是快乐的，从不会觉得累。童年时的我们会很懵懂，很天真，我们往往会为一两件小事情、一个小小的愿望而过分认真和执着。

因为心中有梦，所以我们会加倍努力去实现；因为心中有梦，所以即使我们付出了再多，也不会觉得累；因为心中有梦，所以我们幸福和快乐。可是，当天真烂漫的我们被欺骗，当心中的那个美好的梦被破灭后，我们伤心欲绝、欲哭无泪。"糖纸承载了我们对童年太多的回忆，那些回忆值得我们去刻骨铭心地记忆"。

书梦飘香

高尔基说："书籍是人类进步的阶梯。"读书这种行为应该成为我们生活的一种常态，一种既定的生活方式。正所谓"读书破万卷，下笔如有神"，"读万卷书，行万里路"。读书不仅可以陶冶人的性情，使其温文尔雅，还可以让人变得聪明睿智、充满魅力。一本好书就是我们人生道路上的指航灯。年轻时读书就像迎着朝阳走路，所以我们都静下心来读书吧！

朱　湘

（1904～1933），字子沅，安徽太湖人，诗人。有诗集《夏天》、《草莽集》、《石门集》、《永言集》，散文集《中书集》等。

书

朱　湘

拿起一本书来，先不必研究它的内容，只是它的外形，就已经很够我们的赏鉴了。

那眼睛看来最舒服的黄色毛边纸，单是纸色已经在我们的心目中引起一种幻觉，令我们以为这书是一个逃免了时间之摧残的遗民。它所以能幸免而来与我们相见的这段历史的本身，就已经是一本书，值得我们的思索、感叹，更不需提起它的内含的真或美了。

还有那一个个正方的形状，美丽的单字，每个字的构成，都是一首诗；每个字的沿革，都是一部历史。飙是三条狗的风：在秋高草枯的旷野上，天上是一片青，地上是一片赭，中疾的猎犬风一般快地驰过，嗅着受伤之兽在草中滴下的血腥，顺了方向追去，听到枯草飒索地响，有如秋风卷过去一般。昏是婚的古字：在太阳下了山，对面不见人的时候，有一群人骑着马，擎着红光闪闪的火把，悄悄向一个人家走近。等着到了竹篱柴门之旁的时候，在狗吠声中，趁着门还未闭，一声喊齐拥而入，让新郎从打麦场上挟起惊呼的新娘打马而回。同来的人则抵挡着新娘的父兄，作个不打不成交的亲家。

印书的字体有许多种：宋体挺秀有如柳字，麻沙体夭娇有如欧字，书法体娟秀有如褚字，楷体端方有如颜字。楷体是最常见的了。这里面又分出许多不同的种类来：一种是通行的正方体；还有一种是窄长的楷体，棱角最显；一种是扁短的楷体，浑厚颇有古风。还有写的书：或全体楷体，或半楷体，它们不单看来有一种密切的感觉，并且有时有古代的写本，很足以考证今本的印误，以及文字的假借。

如果在你面前的是一本旧书，则开章第一篇你便将看见许多朱色的印章，有的是雅号，有的是姓名。在这些姓名别号之中，你说不定可以发现古代的收藏家或是名倾一世的文人，那时候你便可以让幻想驰骋于这朱红的方场之中，构成许多缥缈的空中楼阁来。还有那些朱圈，有的圈得豪放，有的圈得森严，你可以就它们的姿态，以及它们的位置，悬想出读这本书的人是一个少年，还是老人；是一个放荡不羁的才子，还是老成持重的儒者。你也能借此揣摩出这主人公的命运：他的书何以流散到了人间？是子孙不肖，将它舍弃了？是遭兵逃反，被一班庸奴偷窃出了他的藏书楼？还是运气不好，家道中衰，自己将它售卖了，来填偿债务，或是支持家庭？书的旧主人是这样。我呢？我这书的今主人呢？他当时对着雕花的端砚，拿起新发的朱笔，在清淡的炉香气息中，圈点这本他心爱的书，那时候，他是决想不到这本书的未来命运，他自己的未来命运，是个怎样结局的；正如这现在读着这本书的我，不能知道我未来的命运将要如何一般。

更进一层，让我们来想像那作书人的命运：他的悲哀，他的失望，无一不自然的流露在这本书的字里行间。让我们读的时候，时而跟着他啼，时而为他扼腕太息。要是，不幸上再加上不幸，遇到秦始皇或是董卓，将他一生心血呕成的文章，一把火烧为乌有；或是像《金瓶梅》、《红楼梦》、《水浒》一般命运，被浅见者标作禁书，那更是多么可惜的事情啊！

天下事真是不如意的多。不讲别的，只说书这件东西，它是再与世无争也没有的了，也都要受这种厄运的摧残。至于那琉璃一般脆弱的美人，白鹤一般兀傲的文士，他们的遭忌更是不言可喻了。试想含意未伸的文人，他们在不得意时，有的采樵，有的放牛，不仅无异于庸人，并且备受家人或主子的轻蔑与凌辱；然而他们天生得性格倔强，世俗越对他白眼，他却越有精神。他们有的把柴挑在背后，拿书在手里读；有的骑在牛背上，将书挂在牛角上读；有的在蚊声如雷的夏夜，囊了萤照着书读；有的在寒风冻指的冬夜，拿了书映着雪读。然而时光是不等人的，等到他们学问已成的时候，眼光是早已花了，头发是早已白了，只是在他们的头额上新添加了一些深而长的皱纹。

咳，不如趁着眼睛还清朗，鬓发尚未成霜，多读一读“人生”这本书罢！

牵手阅读：

传之久远的书犹如遗民，经历了岁月的洗礼，经历了种种变故和磨难，仍得以幸存，这样的书积淀了丰厚的历史和文化内涵，值得读者再三玩味。

文章从书的外形谈起，作者在鉴赏书的外观、思索书的历

史、欣赏文字的美丽、感受文字的内涵的同时，将书与藏书主人的命运、作书人的命运等紧密联系起来，发掘出了书的内容之外更为丰富的人生和社会内涵。这是本文立意的新奇之处。此外，作者作为一个爱读书的文化人，对书和文人命运的思考与悲悯，情动于衷，感人至深 。结尾作者发出学会读人生这本“书”的感喟，实在是水到渠成，合情合理。

林语堂

（1895～1976），中国现代著名学者、文学家、语言学家。福建龙溪人。代表作品有《京华烟云》、《风声鹤唳》、《啼笑皆非》等。

论读书

林语堂

本篇演讲只是谈谈本人对于读书的意见，并不是要训勉青年，亦非敢指导青年。所以不敢训勉青年有两种理由：第一，因为近来常听见贪官污吏到学校致训词，叫学生须有志操，有气节，有廉耻；也有卖国官僚到大学演讲，劝学生要坚忍卓绝，做富贵不能淫、威武不能屈的大丈夫。孟子曰，人之患在好为人师，料想战国的土豪劣绅亦必好训勉当时的青年，所以激起孟子这样不平的话。第二，读书没有什么可以训勉。世上会读书的人，都是书拿起来自己会读。不会读书的人，亦不会因为指导而变为会读。譬如数学，出五个问题叫学生去做，会做的人是自己脑里做出来的，并非教员教他做出，不会做的人经教员指导，这一题虽然做出，下一题仍旧非指导不可，数学并不会因此高明起来。我所要讲的话于你们本会读书的人，没有什么补助，于你们不会读书的人，也不会使你们变为善读书。所以今日谈谈，亦只是谈谈而已。

读书本是一种心灵的活动，向来算为清高。“万般皆下品，惟有读书高。”所以读书向称为雅事乐事。但是现在雅事乐事已经不雅不乐了。今天读书，或为取资格，得学位，在男为娶美女，在女为嫁贤婿；或为做老爷，踢屁股；或为求爵禄，刮地皮；或为做走狗，拟宣言；或为写讣闻，做贺联；或为当文牍，抄账簿；或为做相士，占八卦；或为做塾师，骗小孩……诸如此类，都是借读书之名，取利禄之实，皆非读书本旨。亦有人拿父母的钱，上大学，跑百米，拿一块大银盾回家，在我是看不起的，因为这似乎亦非读书的本旨。

今日所谈，亦非指学堂中的读书，亦非指读教授所指定的功课，在学校读书有四不可。（一）所读非书。学校专读教科书，而教科书并不是真正的书。今日大学毕业的人所读的书极其有限。然而读一部《小说概论》，到底不如读《三国》、《水浒》；读一部历史教科书，不如读《史记》。（二）无书可读。因为图书馆存书不多，可读的书极有限。（三）不许读书。因为在课室看书，有犯校规，例所不许。倘是一人自晨至晚上课，则等于自晨至晚被监禁起来，不许读书。（四）书读不好。因为处处受训导处干涉，毛孔骨节，皆不爽快。且学校所教非慎思明辨之学，乃记问之学。记问之学不足为人师，《礼记》早已说过。书上怎样说，你便怎样答，一字不错，叫作记问之学。倘是你能猜中教员心中要你如何答法，照样答出，便得一百分，于是沾沾自喜，自以为西洋历史你知道一百分，其实西洋历史你何尝知道百分之一。学堂所以非注重记问之学不可，是因为便于考试。如拿破仑生卒年月，形容词共有几种，这些不必用头脑，只需强记，然学校考试极其便当，差一年可扣一分；然而事实上与学问无补，你们的教员，也都记不得。要用时自可在百科全书上去查。又如罗马帝国之亡，三大原因，书上这样讲，你们照样记，然而事实上问题极复杂。有人说罗马帝国之亡，是亡于蚊子（传布寒热症），这是书上所无的。

今日所谈的是自由的看书读书，无论是在校，离校，做教员，做学生，做商人，做政客有闲必读书。这种的读书，所以开茅塞，除鄙见，得新知，增学问，广识见，养性灵。人之初生，都是好学好问，及其长成，受种种的俗见俗闻所蔽，毛孔骨节，如有一层包膜，失了聪明，逐渐顽腐。读书便是将此层蔽塞聪明的包膜剥下。能将此层剥下，才是读书人。并且要时时读书，不然便会鄙吝复萌，顽见俗见生满身上，一人的落伍、迂腐、冬烘，就是不肯时时读书所致。所以读书的意义，是使人较虚心，较通达，不固陋，不偏执。一人在世上，对于学问是这样的：幼时认为什么都不懂，大学时自认为什么都懂，毕业后才知道什么都不懂，中年又以为什么都懂，到晚年才觉悟一切都不懂。大学生自以为心理学他也念过，历史地理他亦念过，经济科学也都念过，世界文学艺术声光化电，他也念过，所以什么都懂，毕业以后，人家问他国际联盟在哪里，他说“我书上未念过”，人家又问法西斯蒂在意大利如何，他也说“我书上未念过”，所以觉得什么都不懂。到了中年，许多人娶妻生子，造洋楼，有身份，做名流，戴眼镜，留胡子，拿洋棍，沾沾自喜，那时他的世界已经固定了：女子放胸是不道德，剪发亦不道德，社会主义就是共产党，读《马氏文通》是反动，节制生育是亡种逆天，提倡白话是亡国之先兆，《孝经》是孔子写的，大禹必有其人……意见非常之多而且确定不移，所以又是什么都懂。其实是此种人久不读书，鄙吝复萌所致。此种人不可与深谈。但亦有常读书的人，老当益壮，其思想每每比青年急进，就是能时时读书所以心灵不曾化石，变为古董。

读书的主旨在于排脱俗气。黄山谷谓人不读书便语言无味，面目可憎。须知世上语言无味面目可憎的人很多，不但商界政界如此，学府中亦颇多此种人。然语言无味，面目可憎在官僚商贾则无妨，在读书人是不合理的。所谓面目可憎，不可作面孔不漂亮解，因为并非不能奉承人家，排出笑脸，所以“可憎”；胁肩谄笑，面孔漂亮，便是“可爱”。若欲求美男子小白脸，尽可于跑狗场、跳舞场，及政府衙门中求之。有漂亮脸孔，说漂亮话的政客，未必便面目不可憎。读书与面孔漂亮没有关系，因为书籍并不是雪花膏，读了便会增加你的容辉。所以面目可憎不可憎，在你如何看法。有人看美人专看脸蛋，凡有鹅脸柳眉皓齿朱唇都叫作美人。但是识趣的人若李笠翁看美人专看风韵，笠翁所谓三分容貌有姿态等于六七分，六七分容貌乏姿态等于三四分。有人面目平常，然而谈起话来，使你觉得可爱；也有满脸脂粉的摩登伽，洋囡囡，做花瓶，做客厅装饰甚好，但一与交谈，风韵全无，便觉得索然无味。黄山谷所谓面目可憎不可憎亦只是指读书人之议论风采说法。若浮生六记的芸，虽非西施面目，并且前齿微露，我却觉得是中国第一美人。男子也是如是看法。章太炎脸孔虽不漂亮，王国维虽有一条辫子，但是他们是有风韵的，不是语言无味面目可憎的。简直可认为可爱。亦有漂亮政客，做武人的兔子姨太太，说话虽漂亮，听了却令人作呕三日。

至于语言无味（着重“味”字），都全看你所读是什么书及读书的方法。读书读出味来，语言自然有味，语言有味，做出文章亦必有味。有人读书读了半世，亦读不出什么味儿来，都是因为读不合的书，及不得其读法。读书须先知味。这味字，是读书的关键。所谓味，是不可捉摸的，一人有一人胃口，各不相同，所好的味亦异，所以必先知其所好，始能读出味来。有人自幼嚼书本，老大不能通一经，便是食古不化勉强读书所致。袁中郎所谓读所好之书，所不好之书可让他人读之，这是知味的读法。若必强读，消化不来，必生痞积胃滞诸病。

口之于味，不可强同，不能因我的所嗜好以强人。先生不能以其所好强学生去读。父亲亦不得以其所好强儿子去读。所以书不可强读，强读必无效，反而有害，这是读书之第一义。有愚人请人开一张必读书目，硬着头皮咬着牙根去读，殊不知读书须求气质相合。人之气质各有不同，英人俗语所谓“在一人吃来是补品，在他人吃来是毒质”（One's meat is another's poison）。因为听说某书是名著，因为要做通人，硬着头皮去读，结果必毫无所得。过后思之，如做一场噩梦。甚至终身视读书为畏途，提起书名来便头痛。萧伯纳说许多英国人终身不看莎士比亚，就是因为幼年塾师强迫背诵种下的果。许多人离校以后，终身不再看诗，不看历史，亦是旨趣未到学校迫其必修所致。

所以读书不可勉强，因为学问思想是慢慢怀胎滋长出来。其滋长自有滋长的道理，如草木之荣枯，河流之转向，各有其自然之势。逆势必无成就。树木的南枝遮荫，自会向北枝发展，否则枯槁以待毙。河流遇了矶石悬崖，也会转向，不是硬冲，只要顺势流下，总有流入东海之一日。世上无人人必读之书，只有在某时某地某种心境不得不读之书。有你所应读，我所万不可读，有此时可读，彼时不可读，即使有必读之书，亦绝非此时此刻所必读。见解未到，必不可读，思想发育程度未到，亦不可读。孔子说五十可以学易，便是说四十五岁时尚不可读《易经》。刘知几少读古文《尚书》，挨打亦读不来，后听同学读《左传》，甚好之，求授《左传》，乃易成诵。《庄子》本是必读之书，然假使读《庄子》觉得索然无味，只好放弃，过了几年再读。对庄子感觉兴味，然后读庄子，对马克斯（思）感觉兴味，然后读马克斯（思）。

且同一本书，同一读者，一时可读出一时之味道出来。其景况适如看一名人相片，或读名人文章，未见面时，是一种味道，见了面交谈之后，再看其相片，或读其文章，自有另外一层深切的理会。或是与其人绝交以后，看其照片，读其文章，亦另有一番味道。四十学《易》是一种味道，五十而学《易》，又是一种味道。所以凡是好书都值得重读的。自己见解愈深，学问愈进，愈读得出味道来。譬如我此时重读 Lamb 的论文，比幼时所读全然不同，幼时虽觉其文章有趣，没有真正魂灵的接触，未深知其文之佳境所在。一人背痈，再去读范增的传，始觉趣味。

由是可知读书有二方面：一是作者，一是读者。程子谓《论语》读者有此等人与彼等人，有读了全然无事者；亦有读了不知手之舞足之蹈之者。所以读书必以气质相近，而凡人读书必找一位同调的先贤，一位气质与你相近的作家，作为老师。这是所谓读书必须得力一家。不可昏头昏脑，听人戏弄，庄子亦好，荀子亦好，苏东坡亦好，程伊川亦好。一人同时爱庄荀，或同时爱苏程是不可能的事。找到思想相近之作家，找到文学上之情人，心胸中感觉万分痛快，而魂灵上发生猛烈影响，如春雷一鸣，蚕卵孵出，得一新生命，入一新世界。George Eliot（乔治·艾略特）自叙读《卢骚自传》，如触电一般。尼采师叔本华，萧伯纳师易卜生，虽皆非及门弟子，而思想相承，影响极大。当二子读叔本华、易卜生时，思想上起了大影响，是其思想萌芽学问生根之始。因为气质性灵相近，所以乐此不疲，流连忘返，始可深入，深入后，如受春风化雨之赐，欣欣向荣，学业大进。

谁是气质与你相近的先贤，只有你知道，也无需人家指导，更无人能勉强，你找到这样一位作家，自会一见如故，苏东坡初读《庄子》，如有胸中久积的话，被他说出，袁中郎夜读徐文长诗，叫唤起来，叫复读，读复叫，便是此理。这与“一见倾心”之性爱（love at first sight）同一道理。你遇到这样的作家，自会恨相见太晚。一人必有一人中意的作家，各人自己去找去，找到了文学上的爱人，他自会有魔力吸引你，而你也乐自为所吸，甚至声音相貌，一颦一笑，亦渐与相似，这样浸润其中，自然获益不少，将来年事渐长，厌此情人，再找别的情人，到了经过两三个情人，或是四五个情人，大概你自己也已受了熏陶不浅，思想已经成熟，自己也就成了一位作家。若找不到情人，东览西阅，所读的未必能沁入魂灵深处，便是逢场作戏。逢场作戏，不会有心得，学问不会有成就。

知道情人滋味便知道苦学二字是骗人的话。学者每为“苦学”或“困学”二字所误。读书成名的人，只有乐，没有苦。据说古人读书有追月法、刺股法及丫头监读法。其实都是很笨。读书无兴味，昏昏欲睡，始拿锥子在股上刺一下，这是愚不可当。一人书本摆在面前，有中外贤人向你说极精彩的话，尚且想睡觉，便应当去睡觉，刺股亦无益。叫丫头陪读，等打盹时唤醒你，已是下流，亦应去睡觉，不应读书。而且此法极不卫生，不睡觉，只有读坏身体，不会读出书的精彩来。若已读出书的精彩来，便不想睡觉，故无丫头唤醒之必要。刻苦耐劳，淬砺奋勉是应该的，但不应视读书为苦。视读书为苦，第一着已走了错路。天下读书成名的人皆以读书为乐；汝以为苦，彼却沉湎以为至乐。比如一人打麻将，或如人挟妓冶游，流连忘返，寝食俱废，始读出书来。以我所知国文好的学生，都是偷看几百万言的《三国》、《水浒》而来，绝不是一学年读五十六页文选，国文会读好的。试问在偷读《三国》、《水浒》之人，读书有什么苦处？何尝算页数？好学的人，是书无所不窥，窥就是偷看。于书无所不偷看的人，大概学会成名。

有人读书必装腔作势，或嫌板凳太硬，或嫌光线太弱，这都是读书未入门路，未觉兴味所致。有人做不出文章，怪房间冷，恐蚊子多，怪稿纸发光，怪马路上电车声音太嘈杂，其实都是因为文思不来，写一句，停一句。一人不好读书，总有种种理由。“春天不是读书天，夏日炎炎最好眠，等到秋来冬又至，不如等待到来年。”其实读书是四季咸宜。古所谓“书淫”之人，无论何时何地可读书皆手不释卷，这样才成读书人样子。顾千里裸体读经，便是一例，即使暑气炎热，至非裸体不可，亦要读经。欧阳修在马上厕上皆可做文章，因为文思一来，非做不可，非必正襟危坐明窗净几才可做文章。一人要读书，则澡堂、马路、洋车上、厕上、图书馆、理发室，皆可读。

读书须有胆识，有眼光，有毅力。胆识二字拆不开，要有识，必敢有自己意见，即使一时与前人不同亦不妨。前人能说得我服，是前人是，前人不能服我，是前人非。人心之不同如其面，要脚踏实地，不可舍己耘人。诗或好李，或好杜，文或好苏，或好韩，各人要凭良知，读其所好，然后所谓好，说得好的道理出来。或竟苏韩皆不好，亦不必惭愧，亦须说出不好的理由来。或某名人文集，众人所称而你独恶之，则或系汝自己学力见识未到，或果然汝是而人非。学力未到，等过几年再读，若学力已到而汝是人非，则将来必发现与汝同情之人。刘知几少时读前后《汉书》，怪前书不应有《古今人表》，后书宜为更始立纪，当时闻者责以童子轻议前哲，乃“赧然自失，无辞以对”，后来偏偏发现张衡、范晔等，持见与之相同，此乃刘知几之读书胆识。因其读书皆得之襟腑，非人云亦云，所以能著成《史通》一书。如此读书，处处有我的真知灼见，得一分见解是一分学问，除一种俗见，算一分进步，才不会落入圈套，满口滥调，一知半解，似是而非。

牵手阅读：

“读书本是一种心灵的活动，向来算为清高。”“兴味到时，拿起书本就来读，这才叫作真正的读书，这才不失读书之本意。”书，文人之必备，是文人生命中最美的风景。且想一下：点一盏灯，于寒冷的冬夜坐拥一炉炭火，烧一壶滚开的茶水，浅斟慢酌，窗外是幽蓝的星空，屋顶上盖着厚厚的雪被，捧一本好书于膝上。那种意境，单单一想便是极致的美丽了。而读书本身更像是一种类似于凤凰涅槃般的历练，蜕变之后，便羽化成蝶了。

生命如歌

生命是什么? 我一直在寻觅，我常常这样问自己，是呀，很茫然，却又很亲切。生命如歌，如一首多姿多彩的乐曲，令人回味无穷。一首好的歌就如一段“好”的生命。人的一生不可能完全顺顺利利，平平坦坦，不要渴望没有痛苦的人生，因为没有痛苦的人生是不能感受快乐的；不要痴望没有风雨的心路历程，因为没有经历风雨就不会见到彩虹。生命之歌是令人向往的，是伟大的，是坚强的，是看不见光明的双眼，是转瞬即逝的精彩瞬间，是一切的一切……

生命就是一首歌。生活中真正的强者不是为了理想悲壮地牺牲，而是看透了生活的无奈之后坚强地活着，并且生活得更好。

梁遇春

(1906~1932)，现代著名散文家，福建闽侯人。1922年，梁遇春先入北京大学预科，后入北京大学英文系学习，于1928年毕业，因成绩优秀，留系任助教。1932年夏因染急性猩红热，猝然去世，年仅26岁。他的散文总数不过五十篇，但独具一格，在现代散文史上自有其不可替代的地位，堪称一家。好友冯至称他足以媲美中国唐代的李贺、英国的济慈、德国的诺瓦利斯等。

“春朝”一刻值千金

——懒惰汉的懒惰想头之一

梁遇春

十年来，求师访友，足迹走遍天涯，回想起来给我最大益处的却是“迟起”，因为我现在脑子里所有些聪明的想头，灵活的意思多半是早上懒洋洋地赖在床上想出来的。我真应该写几句话赞美它一番，同时还可以告诉有志的人们一点迟起艺术的门径。谈起艺术，我虽然是门外汉，不过对于迟起这门艺术倒可说是一位行家，因为我既具有明察秋毫的批评能力，又带了甘苦备尝的实践精神。我天天总是在可能范围之内，尽量地滞在床上（那是我们的神庙）看着射在被上的日光，暗笑四围人们无谓的匆忙，回味前夜的痴梦——那是比做梦还有意思的事——细想迟起的好处，唯我独尊地躺着，东倒西倾的小房立刻变作一座快乐的皇宫。

诗人画家为着要追求自己的幻梦，实现自己的痴愿，宁可牺牲一切物质的快乐，受尽亲朋的诟骂，他们从艺术里能够得到无穷的安慰，那是他们真实的世界，外面的世界对于他们反变成一个空虚。迟起艺术家也具有同等的精神。区区虽然不是一个迟起大师，但是对于本行艺术的确有无限的热忱——艺术家的狂热。所以让我拿自己做个例子罢。当我是个小孩时候，我的生活由家庭替我安排，毫无艺术的自觉，早上六点就起来了。后来到北方念书去，北方的天气是培养迟起最好的沃土，许多同学又都是程度很高的迟起艺术专家，于是绝好的环境同朋辈的切磋使我领略到迟起的深味，我的忠于艺术的热度也一天一天地增高。暑假年假回家时期，总在全家人吃完了早饭之后，我才敢动起床的念头。老父常常对我说清晨新鲜空气的好处，母亲有时提到重温稀饭的麻烦，慈爱的祖母也屡次向我姑母说“早起三日当一工”（我的姑母老是起得很早的），我虽然万分不愿意失丢大人们的欢心，但是为着忠于艺术的缘故，居然甘心得罪老人家。后来老人家知道我是无可救药的，反动了怜惜的心肠，他们早上九点钟时候走过我的房门前还是用着足尖；人们温情地放纵我们的弱点是最容易刺动我们麻木的良心，但是我总舍不得违弃了心爱的艺术，所以还是懊悔地照样地高卧。在大学里，有几位道貌岸然的教授对于迟到学生总是白眼相待，我不幸得很，老做他们白眼的鹄的，也曾好几次下个决心早起，免得一进教室的门，就受两句冷讽，可是一年一年地过去，我足足受了四年的白眼待遇，里头的苦处是别人想不出来的。有一年寒假住在亲戚家里，他们晚饭的时间是很早的，所以一醒来，腹里就咕隆地响着，我却按下饥肠，故意想出许多有趣事情，使自己忘却了肚饿，有时饿出汗来，还是坚持着非到十时是不起来的。对于艺术我是多么忠实，情愿牺牲。枵腹做诗的爱仑波（注：今译爱伦·坡，19世纪美国的天才作家、诗人），真可说是我的同志。后来入世谋生，自然会忽略了艺术的追求；不过我还是尽量地保留一向的热诚，虽然已经是够堕落了。想起我个人因为迟起所受的许多说不出的苦痛，我深深相信迟起是一门艺术，因为只有艺术才会这样带累人，也只有艺术家才肯这样不变初衷地往前牺牲一切。

但是从迟起我也得到不少的安慰，总够补偿我种种的苦痛。迟起给我最大的好处是我没有一天不是很快乐地开头的。我天天起来总是心满意足的，觉得我们住的世界无日不是春天，无处不是乐园。当我神怡气舒地躺着时候，我常常记起勃浪宁（注：今译勃朗宁，19世纪英国著名诗人）的诗："上帝在上，万物各得其所。"（鱼游水里，鸟栖树枝，我卧床上。）人生是短促的，可是若使我们有过光荣的青春，我们的一生就不能算是虚度，我们的残年很可以傍着火炉，晒着太阳在回忆里过日了。同样地一天的光阴是很短促的，可是若使我们有过光荣的早上（一半时间花在床上的早晨！）我们这一天就不能说是白丢了，我们其余时间可以用在追忆清早的幸福，我们青年时期若使是欢欣的结晶，我们的余生一定不会很凄凉的，青春的快乐是有影子留下的，那影子好似带了魔力，惨淡的老年给它一照，也呈出和蔼慈祥的光辉。我们一天里也是一样的，人们不是常说：一件事情好好地开头，就是已经成功一半了；那么赏心悦意的早晨是一天快乐的先导。迟起不单是使我天天快活地开头，还叫我们每夜高兴地结束这个日子；我们夜夜去

睡的时候，心里就预料到明早迟起的快乐——预料中的快乐是比当时的享受，味还长得多——这样子我们一天的始终都是给生机活泼的快乐空气围住，这个可爱的升平景象却是迟起一手做成的。

迟起不仅是能够给我们这甜蜜的空气，它还能够打破我们结结实实的苦闷。人生最大的愁忧是生活的单调。悲剧是很热闹的，怪有趣的，只有那不生不死的机械式生活才是最无聊赖的。迟起真是唯一的救济方法。你若是感到生活的沉闷，那么请你多睡半点钟（最好是一点钟），你起来一定觉得许多要干的事情没有时间做了，那么是非忙不可——“忙”是进到快乐宫的金钥，尤其那自己找来的忙碌。忙是人们体力发泄最好的法子，亚里士多德不是说过人的快乐是生于能力变成效率的畅适。我常常在办公时间五分钟以前起床，那时候洗脸刷牙进早餐，都要限最快的速度完成，全变作最浪漫的举动，当牙膏四溅，脸水横飞，一手拿着头梳，对着镜子，一面吃面包时节，谁会说人生是没有趣味呢？而且当时只怕过了时间，心中充满了冒险的情绪。这些暗地晓得不碍事的冒险兴奋是顶可爱的东西，尤其是对于我们这班不敢真正履险的懦夫。我喜欢北方的狂风，因为当我们衔着黄沙往前进的时候，我们仿佛是斩将先登、冲锋陷阵的健儿，跟自然的大力肉搏，这是多么可歌可泣的壮举，同时除开耳孔鼻孔塞点沙土外，丝毫危险也没有，不管那时是怎地像煞有介事的样子。冒险的嗜好哪个人没有，不过我们胆小，不愿白丢了生命，仁爱的上帝，因此给我们卷地蔽天的刮风，做我们安稳冒险的材料。住在江南的可怜虫，找不到这一天赐的机会，只得英雄做时势，迟些起来，自己创造机会。就是放假期间，十时半起床，早餐后抽完了烟，已经十一时过了，一想到今天打算做的事情一件也没有动手，赶紧忙着起来——天下里还有比无事忙更有趣味的事吗？若使你因为迟起挨到人家的闲话，那最少也可以打破你日常一波不兴无声无臭的生活。我想凡是尝过生活的深味的人一定会说痛苦比单调灰色生活强得多，因为痛苦是活的，灰色的生活却是死的象征。迟起本身好似是很懒惰的，但是它能够给我们最大的活气，使我们的生活跳动生姿；世上最懒惰不过的人们是那般黎明即起，老早把事做好，坐着呆呆地打呵欠的人们。迟起所有的这许多安慰，除开艺术，我们哪里还找得出来呢？许多人现在还不明白迟起的好处，这也可以证明迟起是一种艺术，因为只有艺术人们才会这样地不去睬它。

现在春天到了，“春宵苦短日高起，”五六点钟醒来，就可以看见太阳，我们可以醉也似的躺着，一直躺了好儿个钟头，静听流莺的巧啭，细看花影的慢移，这真是迟起的绝好时光。能让我们天天多躺一会儿罢，别辜负了这一刻千金的“春朝”。

《懒惰汉的懒惰想头》是当代英国小品文家 Jerome'K Jerome（杰罗姆·凯·杰罗姆）的文集名字（Idle Thoughts of An Idle Fellow)，集里所说的都是拉闲扯散、瞎三道四的废话，可是自带有幽默的深味，好似对于人生有比一般人更微妙的认识同玩味——这或者只是因为我自己也是懒惰汉，官官相卫，惺惺惜惺惺，那么也好，就随它去罢。“春宵一刻值千金”这句老话，是谁也知道的，我觉得换一个字，就可以做我的题目。连小小二句题目，都要东抄西袭凑合成的，不肯费心机自己去做一个，这也可以见我的懒惰了。

在副题目底下加了“之一”两字，自然是指明我还要继续写些这类无聊的小品文字，但是什么时候会写第二篇，那是连上帝都不敢预言的。我是那么懒惰，有时晚上想好了意思，第二天起得太早，心中一懊悔，什么好意思都忘却了。

牵手阅读：

你想成为一个艺术家吗？你认为成为艺术家很难吗？如果你的答案是肯定的，就来看看这篇散文吧。它向你推荐了一门崭新的职业——“迟起艺术家”。人类为何需要艺术呢？因为它能给我们的人生提供多种可能性。本来一件教师、家长反对的事情，在散文家梁遇春先生的笔下，反而成为一件不可多得的“美差”，他反弹琵琶，尽述其多种好处，其视角不可谓不独特，其想法不可谓不新颖。如果你细细品读，整篇散文如行云流水，平和散淡，信手拈来，尽得风流，可以说是中国现代散文史上不可多得的至情至性文字。打开它，读下去，会恍然发现：原来你也可以诗意地栖居在这片大地上。

救火夫

梁遇春

三年前一个夏天的晚上，我正坐在院子里乘凉，忽然听到接连不断的警钟声音，跟着响三下警炮，我们都知道城里什么地方的屋子又着火了。我的父亲跑到街上去打听，我也奔出去瞧热闹。远远来了一阵嘈杂的呼喊，不久就有四五个赤膊工人个个手里提一只灯笼，拼命喊道："救，救……"从我们面前飞也似的过去，后面有六七个工人拖一辆很大的铁水龙同样快地跑着，当然也是赤膊的。他们只在腰间系一条短裤，此外棕黑色的皮肤下面处处有蓝色的浮筋跳动着，他们小腿的肉的颤动和灯笼里闪烁欲灭的烛光有一种极相协的和谐，他们的足掌打起无数的尘土，可是他们越跑越带劲，好像他们每回举步时，从脚下的"地"都得到一些新力量。水龙隆隆的声音杂着他们尽情的呐喊，他们在满面汗珠之下现出同情和快乐的脸色。那一架庞大的铁水龙我从前在救火会曾经看见过，总以为最少也要十七八个人用两根杠子才抬得走，万想不到六七个人居然能够牵着它飞奔。他们只顾到口里喊"救"，那么不在乎地拖着这笨重的家伙望前直奔，他们的脚步和水龙的轮子那么一致飞动，真好像铁面无情的水龙也被他们的狂热所传染，自己用力跟着跑了。一霎时他们都过去了，一会儿只剩些隐约的

喊声，我的心却充满了惊异，愁闷的心境顿然化为晴朗，真可说拨云雾而见天日了。那时的情景就不灭地印在我的心中。

从那时起，我这三年来老抱一种自己知道绝不会实现的宏愿，我想当一个救火夫。他们真是世上最快乐的人们，当他们心中只惦着赶快去救人这个念头，其他万虑皆空，一面善用他们活泼泼的躯干，跑过十里长街，像救自己的妻子一样去救素来不识面的人们，他们的生命是多么有目的，多么矫健生姿。我相信生命是一块顽铁，除非在同情的熔炉里烧得通红的，用人世间的灾难做锤子来使它迸出火花来，它总是那么冷冰冰、死沉沉的。怅惘地徘徊于人生路上的我们天天都是在极剧烈的麻木里过去——一种甚至于不能得自己同情的苦痛，可是我们的迟疑不前成了天性，几乎将我们活动的能力一笔勾销，我们的理智把我们弄成残废的人们了。不敢上人生的舞场和同伴们狂欢地跳舞，却躲在帘子后面呜咽，这正是我们这班弱者的态度。在席卷一切的大火中奔走，在快陷下的屋梁上攀缘，不顾死生，争为先登的救火夫们安得不打动我们的心弦。他们具有坚定不拔的目的，他们一心一意想营救难中的人们，凡是难中人们的命运他们都视如自己地亲切地感到，他们尝到无数人心中的哀乐，那般人们的生命同他们的生命息息相关，他们忘记了自己，将一切火热里的人们都算作他们自己，凡是带有人的脸孔全可以算作他们自己，这样子他们生活的内容丰富到极点，又非常澄净清明，他们才是真真活着的人们。

他们无条件地同一切人们联合起来，为着人类，向残酷的自然反抗。这虽然是个个人应当做的事，并没有什么了不得，然而一看到普通人们那样子任自然力蹂躏同类，甚至于认贼作父，利用自然力来残杀人类，我们就不能不觉得那是一种义举了。他们以微小之躯，为着爱的力量的缘故，胆敢和自然中最可畏的东西肉搏，站在最前面的战线，这时候我们看见宇宙里最悲壮雄伟的戏剧在我们面前开演了：人和自然的斗争，也就是希腊史诗所歌咏的人神之争（因为在希腊神话里，神都是自然的化身）。我每次走过上海静安寺路救火会门口，看见门上刻有 We Fight Fire 三字，我总觉得凛然起敬。我爱狂风暴浪中把着舵神色不变的舟子，我对于始终住在霍乱流行极盛的城里，履行他的职务的约翰·勃朗医生（Dr. John Brown）怀一种虔敬的心情（虽然他那和蔼可亲的散文使我觉得他是个脾气最好的人），然而专以杀微弱的人类为务的英雄却勾不起我丝毫的欣羡，有时简直还有些鄙视。发现细菌的巴斯德（Pasteur），发明矿中安全灯的某一位科学家（他的名字我不幸忘记了），以及许多为人类服务的人们，像林肯、威尔逊之流，他们现在天天受我们的讴歌，实际上他们和救火夫具有同样的精神，也可说救火夫和他们是同样地伟大，最少在动机方面是一样的，然而我却很少听到人们赞美救火夫。可见救火夫并不是一眼瞧着受难的人类，一眼顾到自己身前身后的那班伟人，所以他们虽然没有得到人们献上甜蜜蜜的媚辞，却很泰然地干他们冒火搭救的伟业，这也正是他们的胜过大人物们的地方。

有一位愤世的朋友每次听到我赞美救火夫时，总是怒气汹汹地说道，这个糊涂的世界早就该烧个干干净净，山穷水尽，现在偶然天公作美，放下一些火来，再用些风来助火势，想在这片龌龊的地上锄出 小块洁白的土来。偏有那不知趣的，好事的救火夫焦头烂额地来浇下冷水，这真未免于太煞风景了，而且人们的悲哀已经是达到饱和度了，烧了屋子和救了屋子对于人们实在并没有多大关系，这是指那班有知觉的人而说。至于那班天赋予铜心铁肝，毫不知苦痛是何滋味的人们，他们既然麻木了，多烧几间房子又何妨呢！总之，天下本无事，庸人自扰之，足下的歌功颂德更是庸人之扰所干的事情了。这真是“人生一世浪自苦，盛衰桃杏开落闲”。我这位朋友是最富于同情心的人，但是顶喜欢说冷酷的话，这里面恐怕要用些心理分析的功夫罢！然而，不管我们对于个个的人有多少的厌恶，人类全体合起来总是我们爱恋的对象。这是当代一位没有忘却现实的哲学家 George Santayana 讲的话。这话是极有道理的，人们受了遗传和环境的影响，染上了许多坏习气，所以个个人都具些讨厌的性质，但是当我们抽象地想到人类的，我们忘记了各人特有的弱点，只注目在人们可以为美善的地方，想用最完美的法子使人性向着健全壮丽的方面发展，于是彩虹般的好梦现在当前，我们怎能不爱人类哩！英国十九世纪末叶诗人 Fredefich Locekr – Lampson 在他的自传（My Confidences）说道："一个思想灵活的人最善于发现他身边的人们的潜伏的良好气质，他是更容易感到满足的，想象力不发达的人们是最快就觉得旁人可厌的，的确是最喜欢埋怨他们朋友的知识上同别方面的短处。"（不知道我那位嫉俗的朋友听了这段话作何感想，但是我绝不是因为他发现了我那一方面的短处，特地引这一段来酬他的好意。恐怕他误会了更加愤世，所以郑重地声明一下。）总之，当救火夫在烟雾里冲锋同突围的时候，他们只晓得天下有应当受他们的援救的人类，绝没有想到着火的屋里住有个杀千刀、杀万刀的该死狗才。天下最大的快乐尤过于无顾忌地尽量使用己身隐藏的力量，这个意思亚里士多德在两千年前已经娓娓长谈过了。救火夫一时激于舍身救人的意气，举重若轻地拖着水龙疾驰，履险若夷地攀登危楼，他们忘记了困难和危险，因此危险和困难就失丢了它们一大半的力量，也不能同他们捣乱了。他们慈爱的精神同活泼的肉体真得到尽量的发展，他们奔走于惨淡的大街时，他们脚下踏的是天堂的乐土，难怪他们能够越跑越有力，能够使旁观的我得到一副清心剂。就说他们所救的人们是不值得救的，他们这派的气概总是可敬佩的。天下有无数女人捧着极纯净的爱情，送给极卑鄙的男子，可是那雪白的热情不会沾了尘污，永远是我们所欣羡不置的。

救火夫不单是从他们这神圣的工作得到无限的快乐，他们从同拖水龙，同提灯笼的伴侣又获到强度的喜悦。他们那时把肯牺牲自己，去营救别人的人们都认为比兄弟还要亲密的同志。不管村俏老少，无论贤愚智不肖，凡是努力于扑灭烈火的人们，他们都看作生平的知己，因为是他们最得意事的伙计们。他们有时在火场上初次相见，就可以相视而笑，莫逆于心，“乐莫乐兮新相知”，他们的生活是多有趣呀！个个人雪亮的心儿在这一场野火里互相认识，这是多么值得干的事情。怯懦无能的我在高楼上玩物丧志地读着无谓的书的时候，偶然听到警钟，望见远处一片漫天的火光，我是多么神往于随着火舌狂跳的壮士，回看自己枯瘦的影子，我是多么心痛，痛惜我虚度了青春同壮年。

我们都是上帝所派定的救火夫，因为凡是生到人世来都具有救人的责任，我们现在时时刻刻听着不断的警钟，有时还看见人们呐喊着望前奔，然而我们有的正忙于挣钱积钱，想做面团团、心硬硬、人蠢蠢的富家翁，有的正阴谋权位，有的正搂着女人欢娱，有的正缘着河岸，自命清高地在那儿伤春悲秋，都是失职的救火夫。有些神经灵敏的人听到警钟，也都还觉得难过，可是又顾惜着自己的皮肤，只好拿些棉花塞在耳里，闭起门来，过象牙塔里的生活。若使我们城里的救火夫这样懒惰，拿公事来做儿戏，那么我们会多么愤激地辱骂他们。可是我们这个大规模的失职却几乎变成当然的事情了，天下事总是如是莫测其高深的，宇宙总是这么颠倒地安排着，难怪波斯诗人喊起“打倒这糊涂世界”的口号。

（选自梁遇春的散文集《泪与笑》，据开明书店一九三四年初版排印。）

庐　隐

(1898～1934)，原名黄淑仪，又名黄英，福建省闽侯县人。其笔名庐隐，有隐去庐山真面目的意思。五四时期著名女作家，代表作品有《海滨故人》、《灵海潮汐》和《曼丽》等。

醉　后

庐　隐

——最是恼人拼酒，欲浇愁偏惹愁！回看血泪相和流。

我是世界上最怯弱的一个，我虽然硬着头皮说："我的泪泉干了，再不愿向人间流一滴半滴眼泪"，因此我曾博得"英雄"的称许，在那强振作的当儿，何尝不是气概轩昂……

北京城重到了，黄褐色的飞尘下，掩抑着琥珀墙、琉璃瓦的房屋，疲骡瘦马，拉着笨重的煤车，一步一颠地在那坑陷不平的土道上努力地走着，似曾相识的人们，坐着人力车，风驰电掣般跑过去了……一切不曾改观，可是疲惫的归燕啊，在那堆浪涌波的灵海里，都觉到十三分的凄惶呢！

车子走过顺城根，看见三四匹矮驴，摇动着它们项下琅琅的金铃，傲然向我冷笑，似笑我转战多年的败军，还鼓得起从前的兴致吗……

正是一个旖旎美妙的春天，学校里放了三天春假，我和涵、盐、琪四个人，披着残月孤星，和迷蒙的晨雾奔顺城根来，雇好矮驴，跨上驴背，轻扬竹鞭，嘚嘚声紧，西山的路上骤见热闹，这时道旁笼烟含雾的垂柳枝，从我们的头上拂过，娇鸟轻啭歌喉，朝阳美意酣畅，驴儿们驮着这欣悦的青春主人，奔那如花如梦的前程，是何等的兴高采烈……而今怎堪回首！归来的疲燕，裹着满身漂泊的悲哀，无情的瘦驴！请你不要逼视吧！

强抑灵波，防它捣碎了灵海，及至到了旧游的故地，黯淡白墙，陈迹依稀可寻，但沧桑几经的归客，不免被这荆棘般的陈迹，刺破那不曾复元的旧伤，强将泪液咽下，努力地咽下。我曾被人称许我是“英雄”哟！

我静静在那里忏悔，我的怯弱，为什么总打不破小我的关头。我记得：我曾想象我是“英雄”的气概，手里拿着明晃晃的雌雄剑，独自站在喜马拉雅的高峰上，傲然地下视人寰。仿佛说：我是为一切的不平，而牺牲我自己的；我是为一切的罪恶，而挥舞我的双剑的啊！“英雄”，伟大的英雄，这是多么可崇拜的，又是多么可欣慰的呢！

但是怯弱的人们，是经不起撩拨的，我的英雄梦正浓酣的时候，波姊来叩我的门，同时我久闭的心门，也为她开了。为什么四年不见，她便如此的憔悴和消瘦，她黯然地说：“你还是你啊！”她这一句话，好像是利刃，又好像是百宝匙；她掀开我的秘密的心幕，她打开我勉强锁住的泪泉，与一切的烦恼。但是我为了要证实是英雄，到底不曾哭出来。

我们彼此矜持着，默然坐夜来了。于是我说：“波，我们喝它一醉吧，何若如此扎挣，酒可以蒙盖我们的脸面！”波点头道：“我早预备陪你一醉。”于是我们如同疯了一般，一杯，一杯，接连着向唇边送，好像鲸吞鲵饮，也不知道什么时候，把一小坛子的酒吃光了，可是我还举着杯“酒来！酒来！”叫个不休！波握住我拿杯子的手说：“隐！你醉了，不要喝了吧！”我被她一提醒，才知道我自己的身子，已经像驾云般支持不住，伏在她的膝上。唉！我一身的筋肉松弛了，我矜持的心解放了，风寒雪虐的春申江头，涵撒手归真的印影，我更想起萱儿还不曾断奶，便离开她的乳母，扶她父亲的灵柩归去。当她抱着牛奶瓶，婉转哀啼时，我仿佛是受绞刑的荼毒，更加着吴淞江的寒潮凄风，每在我独伴灵帏时，撕碎我抖颤的心。……一向茹苦含辛地扎挣自己，然而醉后，便没有扎挣的力量了，我将我泪泉的水闸开放了，干枯的泪池，立刻波涛汹涌，我尽量地哭，哭那已经摧毁的如梦前程，哭那满尝辛苦的命运，唉！真痛恨啊，我一年以来，不曾这样哭过。但是苦了我的波姊，她也是苦海里浮沉的战将，我们可算是一对“天涯沦落人”。她呜咽着说：“隐！你不要哭了，你现在是做客，看人家忌讳！你扎挣着吧！你若果要哭，我们到空郊野外哭去，我陪你到陶然亭哭去。那里是我埋愁葬恨的地方，你也可以借他人酒杯，浇自己块垒，在那里我们可尽量地哭，把天地哭毁灭也好，只求今天你咽下这眼泪去罢！”惭愧！我不知英雄气概抛向哪里去了，恐怕要从喜玛拉雅峰，直坠入冰涯愁海里去。我仍然不住地哭，那可怜双鬓如雪的姨母，也不住为她不幸的甥女，老泪频挥，她颤抖着叹息着，于是全屋里的人，都悄默地垂着泪！可怜的萱儿，她对这半疯半醉的母亲，小心儿怯怯地惊颤着，小眼儿怔怔地呆望着。啊！无辜的稚子，母亲对不住你，在别人面前，纵然不英雄些，还没有多大羞愧，只有在萱儿面前不英雄，使她天真未凿的心灵里，了解伤心，甚至于陪着流泪，我未免太忍心，而且太罪过了。后来萱儿投在我的怀里，轻轻地将小嘴，吻着泪痕被颊的母亲，她忽然哭了。唉！我诅咒我自己，我愤恨酒，它使我怯弱，使我任性，更使我羞对我的萱儿！我决定止住我的泪液，我领着萱儿走到屋里，只见满屋子月华如水，清光幽韵，又逗起我无限的凄楚，在月姊的清光下，我们的陈迹太多了！我们曾向她诚默地祈祷过，也曾向她悄悄地赌誓过，但如今，月姊照着这漂泊的只影，他呢——人间天上。我如饿虎般的愤怒，紧紧掩上窗纱，我搂着萱儿悄悄地躲在床上，我真不敢想象月姊怎样奚落我。不久萱儿睡着了，我仿佛也进了梦乡，只觉得身上满披着缟素，独自站在波涛起伏的海边，四顾辽阔，没有岸际，没有船只，天上又是蒙着一层浓雾，一切阴森森的。我正在彷徨惊惧的时候，忽见海里涌起一座山来，削壁玲珑，峰崖峻崎，一个女子披着淡蓝色的轻绡，向我微笑点头唱道：

独立苍茫愁何多？
抚景伤漂泊！
繁华如梦，
姹紫嫣红转眼过！
何事伤漂泊！

我听那女子唱完了，正要向她问明来历，忽听霹雳一声，如海倒山倾，吓了我一身冷汗，睁眼一看，波姊正拿着醒酒汤，叫我喝。我恰一转身，不提防把那碗汤碰泼了一地，碗也打得粉碎，我们都不禁笑了。波姊说："下回不要喝酒吧，简直闹得满城风雨！我早想到见了你，必有一番把戏，但想不到闹得这样凶！还是扎挣着装英雄吧！"

"波姊！放心吧！我不见你，也没有泪，今天我把整个儿的我，在你面前赤裸裸地贡献了，以后自然要装英雄！”波姊拍着我的肩说，“天快亮了，月亮都斜了，还不好好睡一觉，病了又是白受罪！睡吧！明天起大家努力着装英雄吧！”

牵手阅读：

春日里的一场醉酒，徒增烦忧无限。原来平日里的女英雄，在酒醉之后，也会感伤落泪。多愁善感的女子，将断断续续的哀愁，在酒醉之后不失优雅地缓缓溢出，像是力道不强的米酒，淡淡清香。这样的一次醉酒，是女人们情感的一次释放！初尝人生苦痛，面对亲爱的人，还有销魂的酒，总免不了要出洋相。这些内心里的秘密、烦恼，在平日，却是万万不会表现的。“我是英雄，英雄怎么会掉眼泪呢？我不哭。”英雄的内心是值得尊重的，人生的旅途中，有挫折，有苦痛，可是“我”是英雄，“我”会积极乐观地生活。《酒后》，一不小心窥视到英雄的心事，足以让人小心翼翼地揣着它，倍感同情和无奈。

王小波

(1952～1997)，北京人，当代著名学者、作家。代表作品有《黄金时代》、《白银时代》、《青铜时代》(合称《时代三部曲》) 等中长篇小说集，思想随笔集《我的精神家园》、《沉默的大多数》等。

一只特立独行的猪

王小波

插队的时候，我喂过猪、也放过牛。假如没有人来管，这两种动物也完全知道该怎样生活。它们会自由自在地闲逛，饥则食渴则饮，春天来临时还要谈谈爱情；这样一来，它们的生活层次很低，完全乏善可陈。人来了以后，给它们的生活做出了安排：每一头牛和每一口猪的生活都有了主题。就它们中的大多数而言，这种生活主题是很悲惨的：前者的主题是干活，后者的主题是长肉。我不认为这有什么可抱怨的，因为我当时的生活也不见得丰富了多少，除了八个样板戏，也没有什么消遣。有极少数的猪和牛，它们的生活另有安排。以猪为例，种猪和母猪除了吃，还有别的事可干。就我所见，它们对这些安排也不大喜欢。种猪的任务是交配，换言之，我们的政策准许它当个花花公子。但是疲惫的种猪往往摆出一种肉猪（肉猪是阉过的）才有的正人君子架势，死活不肯跳到母猪背上去。母猪的任务是生崽儿，但有些母猪却要把猪崽儿吃掉。总的来说，人的安排使猪痛苦不堪。但它们还是接受了：猪总是猪啊。

对生活作种种设置是人特有的品性。不光是设置动物，也设置自己。我们知道，在古希腊有个斯巴达，那里的生活被设置得了无生趣，其目的就是要使男人成为亡命战士，使女人成为生育机器，前者像些斗鸡，后者像些母猪。这两类动物是很特别的，但我以为，它们肯定不喜欢自己的生活。但不喜欢又能怎么样？人也好，动物也罢，都很难改变自己的命运。

以下谈到的一只猪有些与众不同。我喂猪时，它已经有四五岁了，从名分上说，它是肉猪，但长得又黑又瘦，两眼炯炯有光。这家伙像山羊一样敏捷，一米高的猪栏一跳就过；它还能跳上猪圈的房顶，这一点又像是猫——所以它总是到处游逛，根本就不在圈里呆着。所有喂过猪的知青都把它当宠儿来对待，它也是我的宠儿——因为它只对知青好，容许他们走到三米之内，要是别的人，它早就跑了。它是公的，原本该劁掉。不过你去试试看，哪怕你把劁猪刀藏在身后，它也能嗅出来，朝你瞪大眼睛，噢噢地吼起来。我总是用细米糠熬的粥喂它，等它吃够了以后，才把糠掺到野草里喂别的猪。其他猪看了嫉妒，一起嚷起来。这时候整个猪场一片鬼哭狼嚎，但我和它都不在乎。吃饱了以后，它就跳上房顶去晒太阳，或者模仿各种声音。它会学汽车响、拖拉机响，学得都很像；有时整天不见踪影，我估计它到附近的村寨里找母猪去了。我们这里也有母猪，都关在圈里，被过度的生育搞得走了形，又脏又臭，它对它们不感兴趣；村寨里的母猪好看一些。它有很多精彩的事迹，但我喂猪的时间短，知道得有限，索性就不写了。总而言之，所有喂过猪的知青都喜欢它，喜欢它特立独行的派头儿，还说它活得潇洒。但老乡们就不这么浪漫，他们说，这猪不正经。领导则痛恨它，这一点以后还要谈到。我对它则不止是喜欢——我尊敬它，常常不顾自己虚长十几岁这一现实，把它叫作“猪兄”。如前所述，这位猪兄会模仿各种声音。我想它也学过人说话，但没有学会——假如学会了，我们就可以作倾心之谈。但这不能怪它。人和猪的音色差得太远了。

后来，猪兄学会了汽笛叫，这个本领给它招来了麻烦。我们那里有座糖厂，中午要鸣一次汽笛，让工人换班。我们队下地干活时，听见这次汽笛响就收工回来。我的猪兄每天上午十点钟总要跳到房上学汽笛，地里的人听见它叫就回来——这可比糖厂鸣笛早了一个半小时。坦白地说，这不能全怪猪兄，它毕竟不是锅炉，叫起来和汽笛还有些区别，但老乡们却硬说听不出来。领导上因此开了一个会，把它定成了破坏春耕的坏分子，要对它采取专政手段——会议的精神我已经知道了，但我不为它担忧——因为假如专政是指绳索和杀猪刀的话，那是一点门都没有的。以前的领导也不是没试过，一百人也逮不住它。狗也没用：猪兄跑起来像颗鱼雷，能把狗撞出一丈开外。谁知这回是动了真格的，指导员带了二十几个人，手拿五四式手枪；副指导员带了十几人，手持看青的火枪，分两路在猪场外的空地上兜捕它。这就使我陷入了内心的矛盾：按我和它的交情，我该舞起两把杀猪刀冲出去，和它并肩战斗，但我又觉得这样做太过惊世骇俗——它毕竟是只猪啊；还有一个理由，我不敢对抗领导，我怀疑

这才是问题之所在。总之，我在一边看着。猪兄的镇定使我佩服之极：它很冷静地躲在手枪和火枪的连线之内，任凭人喊狗咬，不离那条线。这样，拿手枪的人开火就会把拿火枪的打死，反之亦然；两头同时开火，两头都会被打死。至于它，因为目标小，多半没事。就这样连兜了几个圈子，它找到了一个空子，一头撞出去了；跑得潇洒之极。以后我在甘蔗地里还见过它一次，它长出了獠牙，还认识我，但已不容我走近了。这种冷淡使我痛心，但我也赞成它对心怀叵测的人保持距离。

我已经四十岁了，除了这只猪，还没见过谁敢于如此无视对生活的设置。相反，我倒见过很多想要设置别人生活的人，还有对被设置的生活安之若素的人。因为这个缘故，我一直怀念这只特立独行的猪。

牵手阅读：

有人欣赏王小波杂文的讥诮反讽，有人享受他小说的天马行空，有人赞扬他的激情浪漫，有人仰慕他的特立独行。王小波就是在你大发议论、正襟危坐时，一个坐在角落里用一脸坏笑凝视你的那个人，他也许什么都不说，但他什么都明白。很显然，他之所以怀念并热情赞颂这只与众不同的猪，归根结底在于那头猪无视甚至公然对抗人类对其生活的设置，它活得潇洒自由，坦荡从容。它以其惊人的聪慧和勇气在人类的围追堵截之下成功“越狱”，从而改变了自己的命运，以一种原始生命般的“野性”使得居心叵测的“人性”相形见绌。相较之下，人世间所缺乏的正是这样的特立独行之人，而多的是对生活作种种设置的人，想要设置别人生活的人，以及对被设置的生活安之若素的人。那些或主动或被动地生活于“套子”里的人，从未享有人作为人的思维的解放，理性的自由，甚至身体的自我安排，他们只是一群被权力所规训的、毫无个性和思想的接受者和顺从者。也许最中听的评价来自于艾晓明，她说：“未来一百年后，一位中文系的新生，在图书馆书架林立的长廊里逡巡，他说，我要找一本书，作者叫王小波。”

史铁生

(1951~2010)，河北省涿县人，出生于北京。著有中短篇小说集《我的遥远的清平湾》、《奶奶的星星》、《礼拜日》、《命若琴弦》、《一个谜语的几种简单的猜法》等，长篇小说《务虚笔记》等，散文随笔集《我与地坛》、《自言自语》、《病隙碎笔》等。作品曾获全国优秀短篇小说奖、鲁迅文学奖、华语文学传媒大奖年度杰出成就奖、老舍散文奖等。

命若琴弦

史铁生

莽莽苍苍的群山之中走着两个瞎子，一老一少，一前一后，两顶发了黑的草帽起伏蹿动，匆匆忙忙，像是随着一条不安静的河水在漂流。无所谓从哪儿来，也无所谓到哪儿去，每人带一把三弦琴，说书为生。

方圆几百上千里的这片大山中，峰峦叠嶂，沟壑纵横，人烟稀疏，走一天才能见一片开阔地，有几个村落。荒草丛中随时会飞起一对山鸡，跳出一只野兔、狐狸，或者其他小野兽。

山谷中常有鹞鹰盘旋。

寂静的群山没有一点阴影，太阳正热得凶。

“把三弦子抓在手里!”老瞎子喊，在山间震起回声。

“抓在手里呢。”小瞎子回答。

“操心身上的汗把三弦子弄湿了。弄湿了晚上弹你的肋条!”

“抓在手里呢。”

老少二人都赤着上身，各自拎了一条木棍探路，缠在腰间的粗布小褂已经被汗水洇湿了一大片。蹚起来的黄土干得呛人。这正是说书的旺季。天长，村子里的人吃罢晚饭都不呆在家里，有的人晚饭也不在家里吃，捧上碗到路边去，或者到场院里。老瞎子想赶着多说书，整个热季领着小瞎子一个村子一个村子紧走，一晚上一晚上紧说。老瞎子一天比一天紧张、激动，心里算定：弹断一千根琴弦的日子就在这个夏天了，说不定就在前面的野羊坳。

暴躁了一整天的太阳这会儿正平静下来，光线开始变得深沉。远远近近的蝉鸣也舒缓了许多。

“小子！你不能走快点吗?”老瞎子在前面喊，不回头也不放慢脚步。

小瞎子紧跑几步，吊在屁股上的一只大挎包叮啷哐啷地响，离老瞎子仍有几丈远。

“野鸽子都往窝里飞啦。”

“什么?”小瞎子又紧走几步。

“我说野鸽子都回窝了，你还不快走!”

“噢。”

“你又鼓捣我那电匣子呢。”

“噫——鬼动来!”

“那耳机子快让你鼓捣坏了。”

“鬼动来!”

老瞎子暗笑：你小子才活了几天？“蚂蚁打架我也听得着!”老瞎子说。

小瞎子不争辩了，悄悄把耳机子塞到挎包里去，跟在师父身后闷闷地走路。无尽无休的无聊的路。

走了一阵子，小瞎子听见有只獾在地里啃庄稼，就使劲学狗叫，那只獾连滚带爬地逃走了，他觉得有点开心，轻声哼了几句小调儿，哥哥呀妹妹的。师父不让他养狗，怕受村子里的狗欺负，也怕欺负了别人家的狗，误了生意。又走了一会儿，小瞎子又听见不远处有条蛇在游动，弯腰摸了块石头砍过去，“哗啦啦”一阵高粱叶子响。老瞎子有点可怜他了，停下来等他。

“除了獾就是蛇。”小瞎子赶忙说，担心师父骂他。

“有了庄稼地了，不远了。”老瞎子把一个水壶递给徒弟。

“干咱们这营生的，一辈子就是走。”老瞎子又说，“累不?”

小瞎子不回答，知道师父最讨厌他说累。

“我师父才冤呢。就是你师爷，才冤呢，东奔西走一辈子，到了没弹够一千根琴弦。”

小瞎子听出师父这会儿心绪好，就问：“什么是绿色的长乙（椅)?”

“什么？噢，八成是一把椅子吧。”

“曲折的油狼（游廊）呢?”

“油狼？什么油狼?”

“曲折的油狼。”

“不知道。”

“匣子里说的。”

“你就爱瞎听那些玩意儿。听那些玩意儿有什么用？天底下的好东西多啦，跟咱们有什么关系？”

“我就没听您说过，什么跟咱们有关系。”小瞎子把“有”字说得重。

“琴！三弦子！你爹让你跟了我来，是为让你弹好三弦子，学会说书。”

小瞎子故意把水喝得咕噜噜响。

再上路时小瞎子走在前头。

大山的阴影在沟谷里铺开来。地势也渐渐地平缓，开阔。

接近村子的时候，老瞎子喊住小瞎子，在背阴的山脚下找到一个小泉眼。细细的泉水从石缝里往外冒，淌下来，积成脸盆大的小洼，周围的野草长得茂盛，水流出去几十米便被干涸的土地吸干了。

“过来洗洗吧，洗洗你那身臭汗味。”

小瞎子拨开野草在水洼边蹲下，心里还在猜想着“曲折的油狼”。

“把浑身都洗洗。你那样儿准像个小叫花子。”

“那您不就是个老叫花子了？”小瞎子把手按在水里，嘻嘻地笑。

老瞎子也笑，双手掬起水往脸上泼。“可咱们不是叫花子，咱们有手艺。”

“这地方咱们好像来过。”小瞎子侧耳听着四周的动静。

“可你的心思总不在学艺上。你这小子心太野。老人的话你从来不着耳朵听。”

“咱们准是来过这儿。”

“别打岔！你那三弦子弹得还差着远呢。咱这命就在这几根琴弦上，我师父当年就这么跟我说。”

泉水清凉凉的。小瞎子又哥哥呀妹妹地哼起来。

老瞎子挺来气：“我说什么你听见了吗？”

"咱这命就在这几根琴弦上，您师父我师爷说的。我都听过八百遍了。您师父还给您留下一张药方，您得弹断一千根琴弦才能去抓那副药，吃了药您就能看见东西了。我听您说过一千遍了。"

"你不信?"

小瞎子不正面回答，说："干吗非得弹断一千根琴弦才能去抓那副药呢?"

"那是药引子。机灵鬼儿，吃药得有药引子!"

"一千根断了的琴弦还不好弄?"小瞎子忍不住哧哧地笑。

"笑什么笑! 你以为你懂得多少事? 得真正是一根一根弹断了的才成。"

小瞎子不敢吱声了，听出师父又要动气。每回都是这样，师父容不得对这件事有怀疑。

老瞎子也没再作声，显得有些激动，双手搭在膝盖上，两颗骨头一样的眼珠对着苍天，像是一根一根地回忆着那些弹断的琴弦。盼了多少年了呀，老瞎子想，盼了五十年了! 五十年中翻了多少座山，走了多少里路哇，挨了多少回晒，挨了多少回冻，心里受了多少委屈呀! 一晚上一晚上地弹，心里总记着，得真正是一根一根尽心尽力地弹断的才成。现在快盼到了，绝出不了这个夏天了。老瞎子知道自己又没什么能要命的病，活过这个夏天一点不成问题。"我比我师父可运气多了，"他说，"我师父到了没能睁开眼睛看一回。"

"咳! 我知道这地方是哪儿了!"小瞎子忽然喊起来。

老瞎子这才动了动，抓起自己的琴来摇了摇，叠好的纸片碰在蛇皮上发出细微的响声，那张药方就在琴槽里。

"师父，这儿不是野羊坳吗?"小瞎子问。

老瞎子没搭理他，听出这小子又不安稳了。

"前头就是野羊坳，是不是，师父?"

“小子，过来给我擦擦背。”老瞎子说，把弓一样的脊背弯给他。

“是不是野羊坳，师父？”

“是！干什么？你别又闹猫似的。”

小瞎子的心“扑通扑通”跳，老老实实地给师父擦背。老瞎子觉出他擦得很有劲。

“野羊坳怎么了？你别又叫驴似的会闻味儿。”

小瞎子心虚，不吭声，不让自己显出兴奋。

“又想什么呢？别当我不知道你那点儿心思。”

“又怎么了，我？”

“怎么了你？上回你在这儿疯得不够？那妮子是什么好货！”老瞎子心想，也许不该再带他到野羊坳来。可是野羊坳是个大村子，年年在这儿生意都好，能说上半个多月。老瞎子恨不能立刻弹断最后几根琴弦。

小瞎子嘴上嘟嘟囔囔的，心却飘飘的，想着野羊坳里那个尖声细气的小妮子。

“听我一句话，不害你，”老瞎子说，“那号事靠不住。”

“什么事？”

“少跟我贫嘴。你明白我说的什么事。”

“我就没听您说过，什么事靠得住。”小瞎子又偷偷地笑。

老瞎子没理他，骨头一样的眼珠又对着苍天。那儿，太阳正变成一汪血。

两面脊背和山是一样的黄褐色。一座已经老了，嶙峋瘦骨像是山根下裸露的基石。另一座正年青。老瞎子七十岁，小瞎子才十七。

小瞎子十四岁上父亲把他送到老瞎子这儿来，为的是让他学说书，这辈子好有个本事，将来可以独自在世上活下去。

老瞎子说书已经说了五十多年。这一片偏僻荒凉的大山里的人们都知道他：头发一天天变白，背一天天变驼，年年月月背一把三弦琴满世界走，逢上有愿意出钱的地方就拨动琴弦唱一晚上，给寂寞的山村带来欢乐。开头常是这么几句：“自从盘古分天地，三皇五帝到如今，有道君王安天下，无道君王害黎民。轻轻弹响三弦琴，慢慢稍停把歌论，歌有三千七百本，不知哪本动人心。”于是听书的众人喊起来，老的要听董永卖身葬父，小的要听武二郎夜走蜈蚣岭，女人们想听秦香莲。这是老瞎子最知足的一刻，身上的疲劳和心里的孤寂全忘却，不慌不忙地喝几口水，待众人的吵嚷声鼎沸，便把琴弦一阵紧拨，唱道：“今日不把别人唱，单表公子小罗成。”或者唱道：“茶也喝来烟也吸，唱一回哭倒长城的孟姜女。”满场立刻鸦雀无声，老瞎子也全心沉到自己所说的书中去。

他会的老书数不尽。他还有一个电匣子，据说是花了大价钱从一个山外人手里买来，为的是学些新词儿，编些新曲儿。其实山里人倒不太在乎他说什么唱什么。人人都称赞他那三弦子弹得讲究，轻轻漫漫的，飘飘洒洒的，疯癫狂放的，那里头有天上的日月，有地上的生灵。老瞎子的嗓子能学出世上所有的声音，男人、女人、刮风下雨、兽啼禽鸣。不知道他脑子里能呈现出什么景象，他一出生就瞎了眼睛，从没见过这个世界。

小瞎子可以算见过世界，但只有三年，那时还不懂事。他对说书和弹琴并无多少兴趣，父亲把他送来的时候费尽了唇舌，好说歹说连哄带骗，最后不如说是那个电匣子把他留住了。他抱着电匣子听得入神，甚至没发觉父亲什么时候离去。

这只神奇的匣子永远令他着迷，遥远的地方和稀奇古怪的事物使他幻想不绝，凭着三年朦胧的记忆，补充着万物的色彩和形象。譬如海，匣子里说蓝天就像大海，他记得蓝天，于是想象出海；匣子里说海是无边无际的水，他记得锅里的水，于是想象出满天排开的水锅。再譬如漂亮的姑娘，匣子里说就像盛开的花朵，他实在不相信会是那样，母亲的灵柩被抬到远山上去的时候，路上正开遍着野花，他永远记得却永远不愿意去想。但他愿意想姑娘，越来越愿意想，尤其是野羊坳的那个尖声细气的小妮子，总让他心里荡起波澜。直到有一回匣子里唱道，“姑娘的眼睛就像太阳”，这下他才找到了一个贴切的形象，想起母亲在红透的夕阳中向他走来的样子，其实人人都是根据自己的所知猜测着无穷的未知，以自己的感情勾画出世界。每个人的世界就都不同。

也总有一些东西小瞎子无从想象，譬如“曲折的油狼”。

这天晚上，小瞎子跟着师父在野羊坳说书，又听见那小妮子站在离他不远处尖声细气地说笑。书正说到紧要处——“罗成回马再交战，大胆苏烈又兴兵。苏烈大刀如流水，罗成长枪似腾云，好似海中龙吊宝，犹如深山虎争林。又战七日并七夜，罗成清茶无点唇……”老瞎子把琴弹得如雨骤风疾，字字句句唱得铿锵。小瞎子却心猿意马，手底下早乱了套数……

野羊岭上有一座小庙，离野羊坳村二里地，师徒二人就在这里住下。石头砌的院墙已经残断不全，几间小殿堂也歪斜欲倾百孔千疮，唯正中一间尚可遮蔽风雨，大约是因为这一间中毕竟还供奉着神灵。三尊泥像早脱尽了尘世的彩饰，还一身黄土本色返璞归真了，认不出是佛是道。院里院外、房顶墙头都长满荒藤野草，蓊蓊郁郁倒有生气。老瞎子每回到野羊坳说书都住这儿，不出房钱又不惹是非。小瞎子是第二次住在这儿。

散了书已经不早，老瞎子在正殿里安顿行李，小瞎子在侧殿的檐下生火烧水。去年砌下的灶稍加修整就可以用。小瞎子撅着屁股吹火，柴草不干，呛得他满院里转着圈儿咳嗽。

老瞎子在正殿里数叨他：“我看你能干好什么！”

“柴湿嘛。”

“我没说这事。我说的是你的琴，今儿晚上的琴你弹成了什么？”

小瞎子不敢接这话茬，吸足了几口气又跪到灶火前去，鼓着腮帮子一通猛吹。“你要是不想干这行，就趁早给你爹捎信把你领回去。老这么闹猫闹狗的可不行，要闹回家闹去。”

小瞎子咳嗽着从灶火边跳开，几步蹿到院子另一头，呼哧呼哧大喘气，嘴里一边骂。

“说什么呢？”

“我骂这火。”

“有你那么吹火的？”

“那怎么吹？”

“怎么吹？哼！”老瞎子顿了顿，又说，“你就当这灶火是那妮子的脸！”

小瞎子又不敢搭腔了，跪到灶火前去再吹，心想：真的，不知道兰秀儿的脸什么样。那个尖声细气的小妮子叫兰秀儿。

“那要是妮子的脸，我看你不用教也会吹。”老瞎子说。

小瞎子笑起来，越笑越咳嗽。

“笑什么笑！”

“您吹过妮子脸？”

老瞎子一时语塞。小瞎子笑得坐在地上。“日他妈。”老瞎子骂道，笑笑，然后变了脸色，再不言语。

灶膛里腾的一声，火旺起来。小瞎子再去添柴，一心想着兰秀儿。才散了书的那会儿，兰秀儿挤到他跟前来小声说：“哎，上回你答应我什么来？”师父就在旁边，他没敢吭声。人群挤来挤去，一会儿又把兰秀儿挤到他身边。“咦，上回吃了人家的煮鸡蛋倒白吃了？”兰秀儿说，声音比上回大。这时候师父正忙着跟几个老汉拉话，他赶紧说：“嘘——我记着呢。”兰秀儿又把声音压低：“你答应给我听电匣子你还没给我听。”

“嘘——我记着呢。”幸亏那会儿人声嘈杂。

正殿里好半天没有动静。之后，琴声响了，老瞎子又上好了一根新弦。他本来应该高兴的，来野羊坳头一晚上就又弹断了一根琴弦。可是那琴声却低沉、零乱。

小瞎子渐渐听出琴声不对，在院里喊：“水开了，师父。”

没有回答。琴声一阵紧似一阵了。

小瞎子端了一盆热水进来，放在师父跟前，故意嘻嘻笑着说：“您今儿晚还想弹断一根是怎么着？”

老瞎子没听见，这会儿他自己的往事都在心中，琴声烦躁不安，像是年年旷野里的风雨，像是日夜山谷中的流溪，像是奔奔忙忙不知所归的脚步声。小瞎子有点害怕了：师父很久不这样了，师父一这样就要犯病，头疼、心口疼、浑身疼，会几个月爬不起炕来。

“师父，您先洗脚吧。”

琴声不停。

“师父，您该洗脚了。”小瞎子的声音发抖。

琴声不停。

“师父！”

琴声戛然而止，老瞎子叹了口气。小瞎子松了口气。

老瞎子洗脚，小瞎子乖乖地坐在他身边。

“睡去吧，”老瞎子说，“今儿个够累的了。”

“您呢？”

“你先睡，我得好好泡泡脚。人上了岁数毛病多。”老瞎子故意说得轻松。

“我等您一块儿睡。”

山深夜静。有了一点风，墙头的草叶子就会响。夜猫子在远处哀哀地叫。听得见野羊坳里偶尔有几声狗吠，又引得孩子哭。月亮升起来，白光透过残损的窗棂进了殿堂，照见两个瞎子和三尊神像。

“等我干吗，时候不早了！”

“你甭担心我，我怎么也不怎么。”老瞎子又说，“听见没有，小子？”

小瞎子到底年轻，已经睡着。老瞎子推推他让他躺好，他嘴里咕囔了几句倒头睡去。老瞎子给他盖被时，从那身日渐发育的筋肉上觉出，这孩子到了要想那些事的年龄，非得有一段苦日子过不可了。唉，这事谁也替不了谁。

老瞎子再把琴抱在怀里，摩挲着根根绷紧的琴弦，心里使劲念叨：又断了一根了，又断了一根了。再摇摇琴槽，有轻微的纸和蛇皮的摩擦声。唯独这事能为他排忧解烦。一辈子的愿望。

小瞎子做了一个好梦，醒来吓了一跳，鸡已经叫了。他一骨碌爬起来听听，师父正睡得香，心说还好。他摸到那个大挎包，悄悄地掏出电匣子，蹑手蹑脚出了门。

往野羊坳方向走了一会儿，他才觉出不对头，鸡叫声渐渐停歇，野羊坳里还是静静的没有人声。他愣了一会儿，鸡才叫头遍吗？灵机一动扭开电匣子。电匣子里也是静悄悄。现在是半夜。他半夜里听过匣子，什么都没有。这匣子对他来说还是个表。只要扭开一听，便知道是几点钟，什么时候有什么节目都是一定的。

小瞎子回到庙里，老瞎子正翻身。

“干吗哪？”

“撒尿去了。”小瞎子说。

一上午，师父逼着他练琴。直到晌午饭后，小瞎子才瞅机会溜出庙来，溜进野羊坳。鸡也在树荫下打盹，猪也在墙根下说着梦话，太阳又热得凶，村子里很安静。

小瞎子踩着磨盘，扒着兰秀儿家的墙头轻声喊：“兰秀儿

——兰秀儿——”

屋里传出雷似的鼾声。

他犹豫了片刻，把声音稍稍抬高："兰秀儿——兰秀儿!"

狗叫起来。屋里鼾声停了，一个闷声闷气的声音问："谁呀?"

小瞎子不敢回答，把脑袋从墙头上缩下来。屋里吧唧了一阵嘴，又响起鼾声。

他叹口气，从磨盘上下来怏怏地往回走。忽听见身后嘎吱一声院门响，随即一阵细碎的脚步声向他跑来。

"猜是谁?"尖声细气。小瞎子的眼睛被一双柔软的小手捂上了。——这才多余呢。兰秀儿不到十五岁，认真说还是孩子。

"兰秀儿!"

"电匣子拿来没?"

小瞎子掀开衣襟，匣子挂在腰上。"嘘——别在这儿，找个没人的地方听去。"

"咋啦?"

"回头招好些人。"

"咋啦?"

"那么多人听，费电。"

两个人东拐西弯，来到山背后那眼小泉边。小瞎子忽然想起件事，问兰秀儿："你见过曲折的油狼吗?"

"啥?"

"曲折的油狼。"

"曲折的油狼?"

"知道吗?"

"你知道?"

"当然。还有绿色的长椅。就一把椅子。"

"椅子谁不知道?"

"那曲折的油狼呢?"

兰秀儿摇摇头，有点崇拜小瞎子了。小瞎子这才郑重其事地扭开电匣子，一支欢快的乐曲在山沟里飘荡。

地方又凉快又没有人来打扰。

"这是《步步高》。"小瞎子说，跳着哼。一会儿又换了支曲子，叫《旱天雷》，小瞎子还能跟着哼。兰秀儿觉得很惭愧。

"这曲子也叫《和尚思妻》。"

兰秀儿笑起来："瞎骗人!"

"你信不信?"

"不信。"

"爱信不信。这匣子里说的古怪事多啦。"小瞎子玩着凉凉的泉水，想了一会儿，"你知道什么叫接吻吗?"

"你说什么叫?"

这回轮到小瞎子笑，光笑不答。兰秀儿明白准不是好话，红着脸不再问。

音乐播完了，一个女人说："现在是讲卫生节目。"

"啥?"兰秀儿没听清。

"讲卫生。"

"是什么?"

"嗯——你头发上有虱子吗?"

"去——别动!"

小瞎子赶忙缩回手来，赶忙解释："要有就是不讲卫生。"

"我才没有。"兰秀儿抓抓头，觉得有些刺立，"咦——瞧你自个儿吧!"兰秀儿一把搬过小瞎子的头，"看我捉几个大的。"

这时候听见老瞎子在半山上喊："小子，还不给我回来!

该做饭了，吃罢饭还得去说书！”他已经站在那儿听了好一会儿了。

野羊坳里已经昏暗，羊叫、驴叫、狗叫、孩子们叫，处处起了炊烟，野羊岭上还有一线残阳，小庙正在那淡薄的光中，没有声响。

小瞎子又撅着屁股烧火。老瞎子坐在一旁淘米，凭着听觉他能把米中的沙子捡出来。

“今天的柴挺干。”小瞎子说。

“嗯。”

“还是焖饭？”

“嗯。”

小瞎子这会儿精神百倍，很想找些话说，但是知道师父的气还没消，心说还是少找骂。两个人默默地干着自己的事，又默默地一块儿把饭做熟。岭上也没了阳光。

小瞎子盛了一碗小米饭，先给师父：“您吃吧。”声音怯怯的，无比驯顺。

老瞎子终于开了腔：“小子，你听我一句行不？”

“嗯。”小瞎子往嘴里扒拉饭，回答得含糊。

“你要是不愿意听，我就不说。”

“谁说不愿意听了？我说‘嗯’！”

“我是过来人，总比你知道的多。”

小瞎子闷头扒拉饭。

“我经过那号事。”

“什么事？”

“又跟我贫嘴！”老瞎子把筷子往灶台上一摔。

“兰秀儿光是想听听电匣子。我们光是一块儿听电匣子来。”

“还有呢？”

“没有了。”

“没有了？”

“我还问她见过曲折的油狼。”

“我没问你这个。”

“后来，后来，”小瞎子不那么气壮了，“不知怎么一下就说起了虱子……”

“还有呢？”

“没了，真没了！”

两个人又默默地吃饭。老瞎子带了这徒弟好几年，知道这孩子不会撒谎，这孩子最让人放心的地方就是诚实、厚道。

“听我一句话，保准对你没坏处。以后离她远点好。早年你师爷这么跟我说，我也不相信……”

“师爷？说兰秀儿？”

“什么兰秀儿，那会儿还没她呢，那会儿没有你们呢……”老瞎子阴郁的脸又转向暮色浓重的天际，骨头一样白色的眼珠不住地转动，不知道在那儿他想能“看”见什么。许久，小瞎子说：“今儿晚上您多半又能弹断一根琴弦。”他想让师父高兴些。

这天晚上师徒在野羊坳说书。“上回说到罗成死，三魂七魄赴幽冥，听歌君子莫嘈嚷，列位容我道下文。罗成阴魂出地府，一阵旋风就起身，旋风一阵来得快，长安不远面前存……”老瞎子的琴声也乱，小瞎子的琴声也乱，小瞎子回忆着那双柔软的小手捂在自己脸上的感觉，还有自己的头被兰秀儿搬过去的滋味。老瞎子想起的事情更多……

夜里老瞎子翻来覆去睡不安稳，多少往事在他耳边喧嚣，在他心头动荡，身体里仿佛有什么东西要爆炸。坏了，要犯病，他想。头昏，胸口憋闷，浑身紧巴巴地难受。他坐起来，对自己叨咕：“可别犯病，一犯病今年就甭想弹够那些琴弦了。”他又摸到琴。要能叮叮当当随心所欲地疯弹一阵，心头的忧伤或许就能平息，耳边的往事或许就会消散。可是小瞎子正睡得香甜。

他只好再全力去想那张药方和琴弦：还剩下几根，还只剩最后几根了。那时就可以去抓药了，然后就能看见这个世界——他无数次爬过的山，无数次走过的路，无数次感到过她的温暖和炽热的太阳，无数次梦想着的蓝天、月亮和星星……还有呢？还有什么？他朦胧中所盼望的东西似乎比这要多得多……

夜风在山里游荡。

猫头鹰又在凄哀地叫。

不过现在他老了，无论如何没多少年活头了。失去的，已经永远失去了，他像是刚刚意识到这一点。七十年中所受的全部辛苦就为了最后能看一眼世界，这值得吗？他问自己。

小瞎子在梦里笑，在梦里说：“那是一把椅子，兰秀儿……”

老瞎子静静地坐着，静静地坐着的还有那三尊分不清是佛是道的泥像。

鸡叫头遍的时候老瞎子决定，天一亮就带这孩子离开野羊坳。否则这孩子受不了，他自己也受不了。兰秀儿不坏，可这事会怎么结局，老瞎子比谁都“看”得清楚。鸡叫第二遍的时候，老瞎子开始收拾行李。

可是一早起来小瞎子病了，肚子疼，随即又发烧。老瞎子只好把行期推迟。

一连好几天，老瞎子无论是烧火、淘米、捡柴，还是给小瞎子挖药、煎药，心里总在说：“值得，当然值得。”要是不这么反反复复对自己说，身上的力气几乎就要垮掉。“我非要最后看一眼不可。”“要不怎么着？就这么死了去？”“再说就只

剩下最后几根了。”后面三句都是理由。老瞎子又冷静下来，天天晚上还到野羊坳去说书。

这一下小瞎子倒来了福气。每天晚上师父到岭下去了，兰秀儿就猫似的轻轻跳进庙里来听电匣子。兰秀儿还带来熟的鸡蛋，条件是得让她亲手去扭那电匣子的开关。“往哪边扭？”“往右。”“扭不动。”“往右，笨货，不知道哪边是右哇？”“咔哒”一下，无论是什么便响起来，无论是什么，俩人都爱听。

又过了几天，老瞎子又弹断了三根弦。

这一晚，老瞎子在野羊坳里自弹自唱：“不表罗成投胎事，又唱秦王李世民。秦王一听双泪流，可怜爱卿丧残身，你死一身不打紧，缺少扶朝上将军……”

野羊坳上的小庙里这时更热闹。电匣子的音量开得挺大，又是孩子哭，又是大人喊，轰隆隆地又响炮，嘀嘀嗒嗒地又吹号。月光照进正殿，小瞎子躺着啃鸡蛋，兰秀儿坐在他旁边。两个人都听得兴奋，时而大笑，时而稀里糊涂莫名其妙。

“这电匣子你师父从哪买来的？”

“从一个山外头的人手里。”

“你们到山外头去过？”兰秀儿问。

“没。我早晚要去一回就是，坐坐火车。”

“火车？”

“火车你也不知道？笨货。”

“噢，知道知道，冒烟哩是不是？”

过了一会儿兰秀儿又说：“保不准我就得到山外头去。”语调有些惶。

“是吗？”小瞎子一挺坐起来，“那你到底瞧瞧曲折的油狼是什么。”

“你说是不是山外头的人都有电匣子？”

“谁知道。我说你听清楚没有？曲、折、的、油、狼，这东西就在山外头。”

“那我得跟他们要一个电匣子。”兰秀儿自言自语地想心事。

“要一个？”小瞎子笑两声，然后住气，然后大笑，“你干吗不要俩？你可真本事大。你知道这匣子几千块钱一个？把你卖了吧，怕也换不来。”

兰秀儿心里正委屈，一把揪住小瞎子的耳朵使劲拧，骂道：“好你死瞎子。”

两个人在堂殿里扭打起来。三尊泥像袖手旁观帮不上忙，两个年轻的正在发育的身体碰撞在一起，纠缠在一起，一个把一个压在身下，一会儿又颠倒过来，骂声变成笑声。匣子在一边唱。

打了好一阵子，两个人都累得住手，心怦怦跳，躺着喘气，不言声儿，谁却也不愿意再拉开距离，兰秀儿呼出的气吹在小瞎子的脸上，小瞎子感到了诱惑，并且想起那天吹火时师父说的话，就往兰秀儿脸上吹气。兰秀儿并不躲。

“嘿，”小瞎子小声说，“你知道接吻是什么了吗？”

“是什么？”兰秀儿的声音也小。

小瞎子对着兰秀儿的耳朵告诉她。兰秀儿不说话。老瞎子回来之前，他们试着亲了嘴儿，滋味真不坏……

就是这天晚上，老瞎子弹断了最后两根琴弦。两根弦一齐断了。他没料到。他几乎是连跑带爬地上了野羊岭，回到小庙里。小瞎子吓了一跳：“怎么了，师父？”

老瞎子气喘吁吁地坐在那儿，说不出话。小瞎子有些犯嘀咕：莫非是他和兰秀儿干的事让师父知道了？

老瞎子这才相信一切都是值得的。一辈子的辛苦是值得的。能看一回，好好看一回，怎么都是值得的。

“小子，明天我就去抓药。”

“明天？”

“明天。”

“又断了一根了？”

“两根。两根都断了。”

老瞎子把那两根弦卸下来，放在手里揉搓了一会儿，然后把他们并到另外的九百九十八根去，绑成一捆。

“明天就走？”

“天一亮就动身。”

小瞎子心里一阵发凉。老瞎子开始剥琴槽上的蛇皮。

“可我的病还没好利索。”小瞎子叨咕。

“噢，我想过了，你就先留在这儿，我用不了十天就回来。”

小瞎子喜出望外。

“你一个人行不？”

“行！”小瞎子紧忙说。

老瞎子早忘了兰秀儿的事。“吃的、喝的、烧的全有。你要是病好利索了，也该学着自个儿出去说回书。行吗？”

“行。”小瞎子觉得有点对不住师父。

蛇皮剥开了，老瞎子从琴槽中取出一张叠得方方正正的纸条。他想起这药方进琴槽时，自己才二十岁，便觉得浑身上下都好冷。

小瞎子也把那药方放在手里摸了一会儿，也有了几分肃穆。

“你师爷一辈子才冤呢。”

“他弹断了多少根？”

“他本来能弹够一千根，可他记成了八百。要不然他能弹断一千根。”

天不亮老瞎子就上路了。他说最多十天就回来。谁也没想到他竟去了那么久。

老瞎子回到野羊坳时已经是冬天。漫天大雪，灰暗的天空连接着白色的群山。没有声息，处处也没有生气，空旷而沉寂。所以老瞎子那顶发了黑的草帽就尤其蹿动得显著。他蹒蹒跚跚地爬上野羊岭，庙院中衰草瑟瑟，蹿出一只狐狸，仓皇逃远。

村里人告诉他，小瞎子已经走了些日子。

“我告诉他等我回来。”

“不知道他干吗就走了。”

“他没说去哪儿，留下什么话没？”

“他说让您甭找他。”

“什么时候走的？”

人们想了好久，都说是在兰秀儿嫁到山外去的那天。老瞎子心里便一切全明白了。

众人劝老瞎子留下来，这么冰天雪地的上哪去？不如在野羊坳说一冬天书。老瞎子指指他的琴，人们见琴柄上空荡荡已经没了琴弦。老瞎子面容也憔悴，呼吸也孱弱，嗓音也沙哑了，完全变了个人。他说得去找他的徒弟。

若不是还想着他的徒弟，老瞎子就回不到野羊坳。那张他保存了五十年的药方原来是一张无字的白纸。他不信，请了多少个识字而又诚实的人帮他看，人人都说那果真就是一张无字的白纸。

老瞎子在药铺前的台阶上坐了一会儿，他以为是一会儿，其实已经几天几夜，骨头一样的眼珠在询问苍天，脸色也变成骨头一样的苍白。有人以为他疯了，安慰他，劝他。老瞎子苦笑：七十岁了再疯还有什么意思？他只是再不想动弹，吸引着他活下去、走下去、唱下去的东西骤然间消失干净，就像一根不能拉紧的琴弦，再难弹出赏心悦耳的曲子。老瞎子的心弦断

了。现在发现那目的原来是空的。老瞎子在一个小客店里住了很久，觉得身体里的一切都在熄灭。他整天躺在炕上，不弹也不唱，一天天迅速地衰老。

直到花光了身上所有的钱，直到忽然想起了他的徒弟，他知道自己的死期将至，可那孩子在等他回去。

茫茫雪野，皑皑群山，天地之间蹒动着一个黑点。走近时，老瞎子的身影弯得如一座桥。他去找他的徒弟。他知道那孩子目前的心情和处境。

他想自己先得振作起来，但是不行，前面明明没有了目标。

他一路走，便怀恋起过去的日子，才知道以往那些奔奔忙忙兴致勃勃地翻山、赶路、弹琴，乃至心焦、忧虑都是多么欢乐！那时有个东西把心弦扯紧，虽然那东西原是虚设。老瞎子想起他师父临终时的情景。他师父把那张自己没用上的药方封进他的琴槽。

“您别死，再活几年，您就能睁眼看一回了。”说这话时他还是个孩子。他师父久久不言语，最后说：“记住，人的命就像这琴弦，拉紧了才能弹好，弹好了就够了。”不错，那意思就是说：目的本来没有。老瞎子知道怎么对自己的徒弟说了。可是他又想：能把一切都告诉小瞎子吗？老瞎子又试着振作起来，可还是不行，总摆脱不掉那张无字的白纸……

在深山里，老瞎子找到了小瞎子。

小瞎子正跌倒在雪地里，一动不动，想那么等死。老瞎子懂得那绝不是装出来的悲哀。老瞎子把他拖进一个山洞，他已无力反抗。

老瞎子捡了些柴，生起一堆火。

小瞎子渐渐有了哭声。老瞎子放了心，任他尽情尽意地哭。只要还能哭就还有救，只要还能哭就有哭够的时候。

小瞎子哭了几天几夜，老瞎子就那么一声不吭地守候着。火头和哭声惊动了野兔子、山鸡、野羊、狐狸和鹞鹰……

终于小瞎子说话了："干吗咱们是瞎子！"

"就因为咱们是瞎子。"老瞎子回答。

终于小瞎子又说："我想睁开眼看看，师父，我想睁开眼看看！哪怕就看一回。"

"你真那么想吗？"

"真想，真想——"

老瞎子把篝火拨得更旺些。

雪停了。铅灰色的天空中，太阳像一面闪光的小镜子。鹞鹰在平稳地滑翔。

"那就弹你的琴弦，"老瞎子说，"一根一根尽力地弹吧。"

"师父，您的药抓来了？"小瞎子如梦方醒。

"记住，得真正是弹断的才成。"

"您已经看见了吗？师父，您现在看得见了？"

小瞎子挣扎着起来，伸手去摸师父的眼窝。老瞎子把他的手抓住。

"记住，得弹断一千二百根。"

"一千二？"

"把你的琴给我，我把这药方给你封在琴槽里。"老瞎子现在才弄懂了他师父当年对他说的话——咱的命就在这琴弦上。

目的虽是虚设的，可非得有不行，不然琴弦怎么拉紧；拉不紧就弹不响。

"怎么是一千二，师父？"

"是一千二，我没弹够，我记成了一千。"老瞎子想：这孩子再怎么弹吧，还能弹断一千二百根？永远扯紧欢跳的琴弦，不必去看那张无字的白纸……

这地方偏僻荒凉，群山不断。荒草丛中随时会飞起一对山鸡，跳出一只野兔、狐狸，或者其他小野兽。山谷中鹞鹰在盘旋。

现在让我们回到开始：莽莽苍苍的群山之中走着两个瞎子，一老一少，一前一后，两顶发了黑的草帽起伏蹿动，匆匆忙忙，像是随着一条不安静的河水在漂流。无所谓从哪儿来、到哪儿去，也无所谓谁是谁……

一九八五年四月二十日

牵手阅读：

琴槽里藏有一张药方，只要弹断一千根琴弦，以此作为药引子，喝下去可以重新获得光明。为了这，老瞎子日复一日地弹唱，弹唱了五十年。而当弹破一千根琴弦的那一刻，却发现是一个美丽的骗局。让人敬佩的是，老瞎子在知道一千根琴弦的骗局之后，尽管有被命运嘲弄的无奈和痛苦，他却想起小瞎子。生活中真正的强者不是为了理想悲壮地牺牲，而是看透了生活的无奈之后坚强地活着，并且生活得更好。

命若琴弦，需要有两点的拉扯，绷紧的琴弦才能弹奏出跳跃的乐曲。“心弦也要两个点——一头是追求，一头是目的——你才能在中间这紧绷绷的过程上弹响心曲。”生活中的许多目的尽管是虚设，却能激起生活下去的勇气和乐趣，就像天地相接的地平线，抬头看着挺近，双脚却永远不会走到。尽管达不到，却一直在激励我们前行。

人生本是一段传奇

人生本是一段传奇。张爱玲将自己的小说集定名为《传奇》，意思是要“在传奇里面寻找普通人，在普通人里寻找传奇”。传奇人物，传奇人生让人久久难忘，他们或败落，或风光，或复杂，或痴狂……无论如何，他们的故事都足以构成一个传奇的小世界，折射出世事的沧桑、生命的悲喜、人性的善恶与命运的起伏跌宕。

汪曾祺

（1920～1997），江苏高邮人，中国现代著名作家、散文家、戏剧家，“京派”作家的代表人物。代表作品有短篇小说《受戒》、《大淖记事》、《异秉》、《故里三陈》等。

鸡鸭名家

汪曾祺

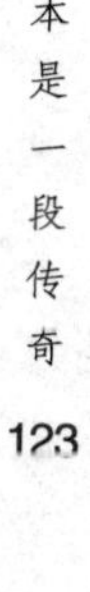

刚才那两个老人是谁？

父亲在洗刮鸭掌。每个蹠蹼都掰开来仔细看过，是不是还有一丝泥垢，一片没有去尽的皮，就像在做一件精巧的手工似的。两副鸭掌白白净净，妥妥停停，排成一排。四只鸭翅，也白白净净，排成一排。很漂亮，很可爱。甚至那两个鸭肫，父亲也把它处理得极美。他用那把我小时就非常熟悉的角柄小刀从栗紫色当中闪着钢蓝色的一个微微凹处轻轻一划，一翻，里面的蕊黄色的东西就翻出来了。洗涮了几次，往鸭掌、鸭翅之间一放，样子很名贵，像一种珍奇的果品似的。我很有兴趣地看着他用洁白的，然而男性的手，熟练地做着这样的事。我小时候就爱看他用他的手做这一类的事，就像我爱看他画画刻图章一样。我和父亲分别了十年，他的这双手我还是非常熟悉。

刚才那两个老人是谁？

鸭掌、鸭翅是刚从鸡鸭店里买来的。这个地方鸡鸭多，鸡鸭店多。鸡鸭店都是回回开的。这地方一定有很多回回。我们家乡回回很少。鸡鸭店全城似乎只有一家。小小一间铺面，干净而寂寞。门口挂着收拾好的白白净净的鸡鸭，很少有人买。我每回走过总觉得有一种使人难忘的印象袭来。这家铺子有一种什么东西和别家不一样。好像这是一个古代的店铺。铺子在我舅舅家附近，出一个深巷高坡，上大街，拐角第一家便是。主人相貌奇古，一个非常大的鼻子，鼻子上有很多小洞，通红通红，十分鲜艳，一个酒糟鼻子。我从那个鼻子上认得了什么叫酒糟鼻子。没有人告诉过我，我无师自通，一看见就知道："酒糟鼻子！"我在外十年，时常会想起那个鼻子。刚才在鸡鸭店又想起了那个鼻子。现在那个鼻子的主人，那条斜阳古柳的巷子不知怎么样了……

那两个老人是谁？

一声鸡啼，一只金彩绚丽的大公鸡，一个很好看的鸡，在小院子里顾影徘徊，又高傲，又冷清。

那两个老人是谁呢，父亲跟他们招呼的，在江边的沙滩上……

街上回来，行过沙滩。沙滩上有人在分鸭子。四个男子汉站在一个大鸭圈里，在熙熙攘攘的鸭群里，一只一只，提着鸭脖子，看一看，分别丢在四边几个较小的圈里。他们看什么？——四个人都一色是短棉袄，下面皆系青布鱼裙。这一带，江南江北，依水而住，靠水吃水的人，卖鱼的，贩卖菱藕、芡实、芦柴、茭草的，都有这样一条裙子。系了这样一条大概宋朝就兴的布裙，戴上一顶瓦块毡帽，一看就知道是干什么行业的。——看的是鸭头，分别公母？母鸭下蛋，可能价钱卖得贵些？不对，鸭子上了市，多是卖给人吃，很少人家特为买了母鸭下蛋的。单是为了分别公母，弄两个大圈就行了，把公鸭赶到一边，剩下的不都是母鸭了，无须这么麻烦，是公是母，一眼不就看出来，得要那么提起来认一认么？而且，几个圈里灰头绿头都有！——沙滩上安静极了，然而万籁有声，江流浩浩，飘忽着一种又积极又消沉的神秘的向往，一种广大而深微的呼吁，悠悠窅窅，悄怆感人。东北风。交过小雪了，真的入了冬了。可是江南地暖，虽已至“相逢不出手”的时候，身体各处却还觉得舒舒服服，饶有清兴，不很肃杀，天气微阴，空气里潮润润的。新麦、旧柳，抽了卷须的豌豆苗，散过了絮的蒲公英，全都欣然接受这点水气。鸭子似乎也很满意这样的天气，显得比平常安静得多。虽被提着脖子，并不表示抗议。也由于那几个鸭贩子提得是地方，一提起，趁势就甩了过去，不致使它们痛苦。甚至那一甩还会使它们得到筋肉伸张的快感，所以往来走动，煦煦然很自得的样子。人多以为鸭子是很唠叨的动物，其实鸭子也有默处的时候。不过这样大一群鸭子而能如此雍雍雅雅，我还从未见过。它们今天早上大概都得到一顿饱餐了吧？——什么地方送来一阵煮大麦芽的气味，香得很。一定有人用长柄的大铲子在铜锅里慢慢搅和着，就要出糖。——是约约斤两，把新鸭和老鸭分开？也不对。这些鸭子都差不多大，全是当年的，生日不是四月下旬就是五月初，上下差不了几天。骡马看牙口，鸭子不是骡马，也看几岁口？看，也得叫鸭子张开嘴，而鸭子嘴全都闭得扁扁的。黄嘴也是扁扁的，绿嘴也是扁扁的。即使掰开来看，也看不出所以然呀，全都是一圈细锯齿，分不开牙多牙少。看的是嘴。看什么呢？哦，鸭嘴上有点东西，有一道一道印子，是刻出来的。有

的一道，有的两道，有的刻一个十字叉叉。哦，这是记号！这一群鸭子不是一家养的。主人相熟，搭伙运过江来了，混在一起，搅乱了，现在再分开，以便各自出卖？对了！对了！不错！这个记号做得实在有道理。

江边风大，立久了究竟有点冷，走吧。

刚才运那一车鸡的两口子不知到了哪儿了。一板车的鸡，一笼一笼堆得很高。这些鸡是他们自己的，还是给别人家运的？我起初真有些不平，这个男人真岂有此理，怎么叫女人拉车，自己却提了两只分量不大的蒲包在后面踱方步！后来才知道，他的负担更重一些。这一带地不平，尽是坑！车子拉动了，并不怎么费力，陷在坑里要推上来可不易。这一下，够瞧的！车掉进坑了，他赶紧用肩膀顶住。然而一只轱辘怎么弄也上不来。跑过来两个老人（他们原来蹲在一边谈天）。老人之一捡了一块砖煞住后滑的轱辘，推车的男人发一声喊，车上来了！他接过女人为他拾回来的落到地下的毡帽，掸一掸草屑，向老人道了谢："难为了！"车子吱吱吜吜地拉过去，走远了。我忽然想起了两句《打花鼓》：

恩爱的夫妻

槌不离锣

这两句唱腔老是在我心里回旋。我觉得很凄楚。

这个记号做得实在很有道理。遍观鸭子全身，还有其他什么地方可以做记号的呢？不像鸡。鸡长大了，毛色各不相同，养鸡人都记得。在他们眼中，世界上没有两只同样的鸡。就是被人偷去杀了吃掉，剩下一堆毛，他认也认得清（《王婆骂鸡》中列举了很多鸡的名目，这是一部"鸡典"）。小鸡都差不多，养鸡的人家都在它们的肩翅之间染了颜色，或红或绿，以防走失。我小时颇不赞成，以为这很不好看。但人家养鸡可不是为了给我看的！鸭子麻烦，不能染色。小鸭子要下水，染了颜色，浸在水里，要退。到一放大毛，则普天下的鸭子只有两种样子了：公鸭、母鸭。所有的公鸭都一样，所有的母鸭也都一样。鸭子养在河里，你家养，他家养，难免混杂。可以做记号的地方，一看就看出来的，只有那张嘴。上帝造鸭，没有想到鸭嘴有这个用处吧。小鸭子，嘴嫩嫩的，刻几道一定很容易。鸭嘴是角质，就像指甲，没有神经，刻起来不痛。刻过的嘴，一样吃东西，碎米、浮萍、小鱼、虾虿、蛆虫……鸭子们大概毫不在乎。不会有一只鸭子发现同伴的异样，呱呱大叫起来："咦！老哥，你嘴上是怎么回事，雕了花了？"当初想出做这样记号的，一定是个聪明人。

然而那两个老人是谁呢？

鸭掌鸭翅已经下在砂锅里。砂锅咕嘟咕嘟响了半天了，汤的气味飘出来，快得了。碗筷摆了出来，就要吃饭了。"那两个老人是谁？"

"怎么？——你不记得了？"

父亲这一反问教我觉得高兴：这分明是两个值得记得的人。我一问，他就知道问的是谁。

"一个是余老五。"

余老五！我立刻知道，是高高大大，广额方颡，一腮帮白胡子茬的那个——那个瘦瘦小小，目光精利，一小撮山羊胡子，头老是微微扬起，眼角带着一点嘲讽痕迹的，行动敏捷，不像是六十开外的人，是——

"陆长庚。"

"陆长庚？"

"陆鸭。"

陆鸭！这个名字我很熟，人不很熟，不像余老五似的是天天见得到的老街坊。

余老五是余大房炕房的师傅。他虽也姓余，炕房可不是他

开的，虽然他是这个炕房里顶重要的一个人。老板和他同宗，但已经出了五服，他们之间只有东伙缘分，不讲亲戚情面。如果意见不和，东辞伙，伙辞东，都是可以的。说是老街坊，余大房离我们家还很有一段路。地名大淖，已经是附郭的最外一圈。大淖是一片大水，由此可至东北各乡及下河诸县。水边有人家处亦称大淖。这是个很动人的地方，风景人物皆有佳胜处。这里出入的，多是戴瓦块毡帽系鱼裙的朋友。乘小船往北顺流而下，可以在垂杨柳、脆皮榆、茅棚、瓦屋之间，高爽地段，看到一座比较整齐的房子，两旁八字粉墙，几个黑漆大字，鲜明醒目；夏天门外多用芦席搭一凉棚，绿缸里渍着凉茶，任人取用；冬天照例有卖花生薄脆的孩子在门口踢毽子；树顶上飘着做会的纸幡或一串红绿灯笼的，那是“行”。一种是鲜货行，代客投牙买卖鱼虾水货、荸荠茨菰、山药芋艿、薏米鸡头，诸种杂物。一种是鸡鸭蛋行。鸡鸭蛋行旁边常常是一家炕房。炕房无字号，多称姓某几房，似颇有古意。其中余大房声誉最著，一直是最大的一家。

余老五成天没有什么事情，老看他在街上逛来逛去，到哪里都提了他那把其大无比、细润发光的紫砂茶壶，坐下来就聊，一聊一半天。而且好喝酒，一天两顿，一顿四两。而且好管闲事。跟他毫无关系的事，他也要挤上来插嘴。而且声音奇大。这条街上茶馆酒肆里随时听得见他的喊叫一样的说话声音。不论是哪两家闹纠纷，吃“讲茶”评理，都有他一份。就凭他的大嗓门，别人只好退避三舍，叫他一个人说！有时炕房里有事，差个小孩子来找他，问人看见没有，答话的人常是说：“看没有看见，听倒听见的。再走过三家门面，你把耳朵竖起来，找不到，再来问我！”他一年闲到头，吃、喝、穿、用全不缺。余大房养他。只有每年春夏之间，看不到他的影子了。

多少年没有吃“巧蛋”了。巧蛋是孵小鸡孵不出来的蛋。不知什么道理，有些小鸡长不全，多半是长了一个头，下面还是一个蛋。有的甚至翅膀也有了，只是出不了壳。鸡出不了壳，是鸡生得笨，所以这种蛋也称“拙蛋”，说是小孩子吃不得，吃了书念不好。反过来改成“巧蛋”，似乎就可通融，念书的孩子也马马虎虎准许吃了。这东西很多人是不吃的。因为看上去使人身上发麻，想一想也怪不舒服，总之吃这种东西很不高雅。很惭愧，我是吃过的，而且只好老实说，味道很不错。吃都吃过了，赖也赖不掉，想高雅也来不及了。——吃巧蛋的时候，看不见余老五了。清明前后，正是炕鸡子的时候，接着又得炕小鸭，四月。

蛋先得挑一挑。那是蛋行里人的责任。鸡鸭也有“种口”。哪一路的鸡容易养，哪一路的长得高大，哪一路的下蛋多，蛋行里的人都知道。生蛋收来之后，分别放置，并不混杂。分好后，剔一道，薄壳，过小，散黄，乱带，日久，全不要。——“乱带”是系着蛋黄的那道韧带断了，蛋黄偏坠到一边，不在正中悬着了。

再就是炕房师傅的事了。一间不透光的暗屋子，一扇门上开一个小洞，把蛋放在洞口，一眼闭，一眼睁，反复映看，谓之“照蛋”。第一次叫“头照”。头照是照“珠子”，照蛋黄中的胚珠，看是否受过精，用他们的说法，是“有”过公鸡或公鸭没有。没“有”过的，是寡蛋，出不了小鸡小鸭。照完了，这就“下炕”了。下炕后三四天，取出来再照，名为“二照”。二照照珠子“发饱”没有。头照很简单，谁都做得来。不用在门洞上，用手轻握如筒，把蛋放在底下，迎着亮光，转来转去，就看得出蛋黄里有没有晕晕的一个圆影子。二照要点功夫，胚珠是否隆起了一点，常常不易断定。珠子不饱的，要剔下来。二照剔下的蛋，可以照常拿到市上去卖，看不出是炕过的。二照之后，三照四照，隔几天一次。三四照后，蛋就变了。到知道炕里的蛋都在正常发育，就不再动它，静待出炕“上床”。

下了炕之后，不让人随便去看。下炕那天照例是猪头三牲，大香大烛，燃鞭放炮，磕头敬拜祖师菩萨，仪式十分庄严隆重。因为炕房一年就做一季生意，赚钱还是蚀本，就看这几天。因为父亲和余老五很熟，我随着他去看过。所谓“炕”，是一口一口缸，里头糊着泥和草，下面点着稻草和谷糠，不断用火烘着。火是微火，要保持一定的温度。太热了一炕蛋全熟了，太小了温度透不进蛋里去。什么时候加一点草、糠，什么时候撤掉一点，这是余老五的职分。那两天他整天不离一步。许多事情不用他自己动手。他只要不时看一看，吩咐两句，有下手徒弟照办。余老五这两天可显得重要极了，尊贵极了，也谨慎极了，还温柔极了。他话很少，说话声音也是轻轻的。他的神情很奇怪，总像在谛听着什么似的，怕自己轻轻咳嗽也会惊散这点声音似的。他聚精会神，身体各部全在一种沉湎，一种兴奋，一种极度的敏感之中。熟悉炕房情况的人，都说这行饭不容易吃。一炕下来，人要瘦一圈，像生了一场大病。吃饭睡觉都不能马虎一刻，前前后后半个多月！他也很少真正睡觉。总是躺在屋角一张小床上抽烟，或者闭目假寐，不时就着壶嘴喝一口茶，哑哑地说一句话。一样借以量度的器械都没有，就凭他这个人，一个精细准确而又复杂多方的“表”，不以形求，全以神遇，用他的感觉判断一切。炕房里暗暗的，暖洋洋的，潮濡濡的，笼罩着一种暧昧、缠绵的含情怀春似的异样感觉。余老五身上也有着一种“母性”。（母性！）他体验着一个一个生命正在完成。

蛋炕好了，放在一张一张木架上，那就是“床”。床上垫着棉花。放上去，不多久，就“出”了：小鸡一个一个啄破蛋壳，啾啾叫起来。这些小鸡似乎非常急于用自己的声音宣告也证实自己已经活了。啾啾啾啾，叫成一片，热闹极了。听到这声音，老板心里就开了花。而余老五的眼皮一抹搭，已经沉沉睡去了。小鸡子在街上卖的时候，正是余老五呼呼大睡的时候。他得接连睡几天。——鸭子比较简单，连床也不用上；难的是鸡。

小鸡跟真正的春天一起来，气候也暖和了，花也开了。而小鸭子接着就带来了夏天。画“春江水暖鸭先知”的，往往画出黄毛小鸭。这是很自然的，然而季节上不大对。桃花开的时候小鸭还没有出来。小鸡小鸭都放在浅扁的竹笼里卖。一路走，一路啾啾地叫，好玩极了。小鸡小鸭都很可爱。小鸡娇弱伶仃，小鸭傻气而固执。看它们在竹笼里挨挨挤挤，蹿蹿跳跳，令人感到生命的欢悦。捉在手里，那点轻微的挣扎搔挠，使人心中怦怦然，胸口痒痒的。

余大房何以生意最好？因为有一个余老五。余老五是这行的状元。余老五何以是状元？他炕出来的鸡跟别家的摆在一起，来买的人一定买余老五炕出的鸡，他的鸡特别大。刚刚出炕的小鸡照理是一般大小，上戥子称，分量差不多，但是看上去，他的小鸡要大一圈！那就好看多了，当然有人买。怎么能大一圈呢？他让小鸡的绒毛都出足了。鸡蛋下了炕，几十个时辰。可以出炕了，别的师傅都不敢等到最后的限度，生怕火功水气错一点，一炕蛋整个地废了，还是稳一点。想等，没那个胆量。余老五总要多等一个半个时辰。这一个半个时辰是最吃紧的时候，半个多月的功夫就要在这一会见分晓。余老五也疲倦到了极点，然而他比平常更警醒，更敏锐。他完全变了一个人。眼睛塌陷了，连颜色都变了，眼睛的光彩近乎疯狂。脾气也大了，动不动就恼怒，简直碰他不得，专断极了，顽固极了。很奇怪，他这时倒不走近火炕一步，只是半倚半靠在小床上抽烟，一句话也不说。木床、棉絮，一切都准备好了。小徒弟不放心，轻轻来问一句：“起了吧?”摇摇头。——“起了吧?”还是摇摇头，只管抽他的烟。这一会正是小鸡放绒毛的时候。这是神圣的一刻。忽而作然而起：“起!”徒弟们赶紧一窝蜂似的取出来，简直是才放上床，小鸡就啾啾啾啾纷纷出来了。余老五自掌炕以来，从未误过一回事，同行中无不赞叹佩服。道理是谁也知道的，可是别人得不到他那种坚定不移的信心。这是才分，是学问，强求不来。

余老五炕小鸭亦类此出色。至于照蛋、煨火，是尤其余事了。

因此他才配提了紫砂茶壶到处闲聊，除了掌炕，一事不管。人说不是他吃老板，是老板吃着他。没有余老五，余大房就不成其为余大房了。没有余大房，余老五仍是一个余老五。什么时候，他前脚跨出那个大门，后脚就有人替他把那把紫砂壶接过去。每一家炕房随时都在等着他。每年都有人来跟他谈的，他都用种种方法回绝了。后来实在麻烦不过，他就半开玩笑似的说：“对不起，老板连坟地都给我看好了!”

父亲说，后来余大房当真在泰山庙后，离炕房不远处，给他找了一块坟地。附近有一片短松林，我们小时常上那里放风筝。蚕豆花开得闹嚷嚷的，斑鸠在叫。

余老五高高大大，方肩膀，方下巴，到处方。陆长庚瘦瘦小小，小头，小脸。八字眉。小小的眼睛，不停地眨动。嘴唇秀小微薄而柔软。他是一个农民，举止言词都像一个农民，安分、卑屈。他的眼睛比一般农民要少一点惊惶，但带着更深的绝望。他不像余老五那样有酒有饭，有寄托，有保障。他是个倒霉的人。他的脸小，可是脸上的纹路比余老五杂乱，写出更多的人生。他有太多没有说出来的俏皮笑话，太多没有浪费的风情，他没有爱抚，没有安慰，没有吐气扬眉，没有……他是个很聪明的人，乡下的活计没有哪一件难得倒他。许多活计，他看一看就会，想一想就明白。他是窑庄一带的能人，是这一带茶坊酒肆、豆棚瓜架的一个点缀，一个谈话的题目。可是他的运气不好，干什么都不成功。日子越过越穷，他也就变得自暴自弃，变得懒散了。他好喝酒，好赌钱，像一个不得意的才子一样，潦倒了。我父亲知道他的本事，完全是偶然：他表演了那么一回，也是偶然！

母亲故世之后，父亲觉得很寂寞无聊。母亲葬在窑庄。窑庄有我们的一块地。这块地一直没有收成，沙性很重，种稻种麦，都不相宜，只能种一点豆子，长草。北乡这种瘦地很多，叫作“草田”。父亲想把它开辟成一个小小农场，试种果树、棉花。把庄房收回来，略事装修，他平日就住在那边，逢年过节才回家。我那时才六岁，由一个老奶妈带着，在舅舅家住。有时老奶妈送我到窑庄来住几天。我很少下乡，很喜欢到窑庄来。

我又来了！父亲正在接枝。用来削切枝条的，正是这把拾掇鸭肫的角柄小刀。这把刀用了这么多年了，还是刀刃若新发于硎。正在这时，一个长工跑来了：“三爷，鸭都丢了！”

佃户和长工一向都叫我父亲为“三爷”。

“怎么都丢了？”

这一带多河沟港汊，出细鱼细虾，是个适于养鸭的地方。有好几家养过鸭。这块地上的老佃户叫倪二，父亲原说留他。他不干，他不相信从来没有结过一个棉桃的地方会长出棉花。他要退租。退租怎么维生？他要养鸭。从来没有养过鸭，这怎么行？他说他帮过人，懂得一点。没有本钱，没有本钱想跟三爷借。父亲觉得让他种了多年草田，应该借给他钱。不过很替他担心。父亲也托他买了一百只小鸭，由他代养。事发生后，他居然把一趟鸭养得不坏。棉花也长出来了。

“倪二，你不相信我种得出棉花，我也不相信你养得好鸭子。现在地里一朵一朵白的，那是什么？”

“是棉花。河里一只一只肥的，是——鸭子！”

每天早晚，站在庄头，在沉沉雾霭，淡淡金光中，可以看到他喳喳叱叱赶着一大群鸭子经过荡口，父亲常常要摇头：“还是不成，不‘像’！这些鸭跟他还不熟。照说，都就要卖了，那根赶鸭用的篙子就不大动了，可你看他那忙乎劲儿！”

倪二没有听见父亲说什么，但是远远地看到（或感觉到）父亲在摇头，他不服，他舞着竹篙，说：“三爷，您看！”

他的意思是说：就要到八月中秋了，这群鸭子就可以赶到南京或镇江的鸭市上变钱。今年鸡鸭好行市。到那时三爷才佩服倪二，知道倪二为什么要改行养鸭！

放鸭是很苦的事。问放鸭人，顶苦的是什么？“冷清”。放鸭和种地不一样。种地不是一个人，撒种、车水、薅草、打场，有歌声，有锣鼓，呼吸着人的气息。养鸭是一种游离，一种放逐，一种流浪。一大清早，天才露白，撑一个浅扁小船，仅容一人，叫作“鸭撇子”，手里一根竹篙，篙头系着一把稻草或破蒲扇，就离开村庄，到茫茫的水里去了。一去一天，到天擦黑了，才回来。下雨天穿蓑衣，太阳大戴个笠子，天凉了多带一件衣服。“连一个说话的人都没有。”远远地，偶尔可以听到远远的一两声人声，可是眼前只是一群扁毛畜生。有人爱跟牛、羊、猪说话。牛羊也懂人话。要跟鸭子谈谈心可是很困难。这些东西只会呱呱地叫，不停地用它的扁嘴呷喋呷喋地吃。

可是，鸭子肥了，倪二喜欢。

前两天倪二说，要把鸭子赶去卖了。他算了算，刨去行佣、卡钱，连底三倍利。就要赶，问父亲那一百只鸭怎么说，是不是一起卖。今天早上，父亲想起留三十只送人，叫一个长工到荡里去告诉倪二。

“鸭都丢了！”

倪二说要去卖鸭，父亲问他要不要请一个赶过鸭的行家帮一帮，怕他一个人应付不了。运鸭，不像运鸡。鸡是装了笼的。运鸭，还是一只小船，船上装着一大卷鸭圈，干粮，简单的行李，人在船，鸭在水，一路迤迤逦逦地走。鸭子路上要吃活食，小鱼小虾，运到了，才不落膘掉斤两，精神好看。指挥鸭阵，划撑小船，全凭一根篙子。一程十天半月。经过长江大浪，也只是一根竹篙。晚上，找一个沙洲歇一歇，这赶鸭是个险事，不是外行冒充得来的。

“不要！”

他怕父亲再建议他请人帮忙，留下三十只鸭，偷偷地一早把鸭赶过荡，准备过白莲湖，沿澧河，过江。

长工一到荡口，问人：“倪二呢？”

“倪二在白莲湖里。你赶快去看看。叫三爷也去看看。一趟鸭子全散了！”

“散了”，就是鸭子不服从指挥，各自为政，四散逃窜，钻进芦丛里去了，而且再也不出来。这种事过去也发生过。

白莲湖是一口不大的湖，离窑庄不远。出菱，出藕，藕肥白少渣。二五八集期，父亲也带我去过。湖边港汊甚多，密密地长着芦苇。新芦苇很高了，黑森森的。莲蓬已经采过了，荷叶的颜色也发黑了。人过时常有翠鸟冲出，翠绿的一闪，快如疾箭。

小船浮在岸边，竹篙横在船上，倪二呢？坐在一家晒谷场的石辘轴上，手里的瓦块毡帽攥成了一团，额头上破了一块皮。几个人围着他。他好像老了十年。他疲倦了。一清早到现在，现在已经是下午了，他跟鸭子奋斗了半日。他一定还没有吃过饭。他的饭在一个布口袋里—— 一袋老锅巴。他木然地坐着，一动不动，不时把脑袋抖一抖，倒像受了震动。——他的脖子里有好多道深沟，一方格，一方格的。颜色真红，好像烧焦了似的。老那么坐着，脚恐怕要麻了。他的脚显出一股傻相。

父亲叫他：

“倪二。”

他像个孩子似的哭起来。

怎么办呢？

围着的人说：

“去找陆长庚，他有法子。”

“哎，除非陆长庚。”

“只有老陆，陆鸭。”

陆长庚在哪里？

“多半在桥头茶馆。”

桥头有个茶馆，是为鲜货行客人、蛋行客人、陆陈行客人谈生意而设的。区里、县里来了什么大人物，也请在这里歇脚。卖清茶，也代卖纸烟、针线、香烛纸祃、鸡蛋糕、芝麻饼、七厘散、紫金锭、菜种、草鞋、写契的契纸、小绿颖毛笔、金不换黑墨、何通记纸牌……总而言之，日用所需，应有尽有。这茶馆照例又是闲散无事人聚赌耍钱的地方。茶馆里备有一副麻将牌（这副麻将牌丢了一张红中，是后配的），一副牌九。推牌九时下旁注的比坐下拿牌的多，站在后面呼吆喝六，呐喊助威。船从桥头过，远远地就看到一堆兴奋忘形的人头人手。船过去，还听得吼叫：“七七八八——不要九！”——“天地遇虎头，越大越封侯！”常在后面斜着头看人赌钱的，有人指给我们看过，就是陆长庚，这一带放鸭的第一把手，诨号陆鸭，说他跟鸭子能通话，他自己就是一只成了精的老鸭。——瘦瘦小小，神情总是在发愁。他已经多年不养鸭了，现在见到鸭就怕。

“不要你多，十五块洋钱。”

赌钱的人听到这个数目都捏着牌回过头来：十五块！十五块在从前很是一个数目了。他们看看倪二，又看看陆长庚。这时牌九桌上最大的赌注是一吊钱三三四，天之九吃三道。

说了半天，讲定了，十块钱。他不慌不忙，看一家地杠通吃，红了一庄，方去。

“把鸭圈拿好。倪二，赶鸭子进圈，你会的？我把鸭子吆上来，你就赶。鸭子在水里好弄，上了岸，七零八落的不好捉。”

这十块钱赚得太不费力了！拈起那根篙子（还是那根篙，他拈在手里就是样儿），把船撑到湖心，人仆在船上，把篙子平着，在水上扑打了一气，嘴里啧啧啧咕咕咕不知道叫点什么，赫！——都来了！鸭子四面八方，从芦苇缝里，好像来争抢什么东西似的，拼命地拍着翅膀，挺着脖子，一起奔向他那只小船的四周来。本来平静辽阔的湖面，骤然热闹起来，一湖都是鸭子。不知道为什么，高兴极了，喜欢极了，放开喉咙大叫，“呱呱呱呱呱……”不停地把头没进水里，爪子伸出水面乱划，翻来翻去，像一个一个小疯子。岸上人看到这情形都忍不住大笑起来。倪二也抹着鼻涕笑了。看看差不多到齐了，篙子一抬，嘴里曼声唱着，鸭子马上又安静了，文文雅雅，摆摆摇摇，向岸边游来，舒闲整齐有致。兵法：用兵第一贵“和”。这个“和”字用来形容这些鸭子，真是再恰当不过了。他唱的不知是什么，仿佛鸭子都爱听，听得很入神，真怪！

这个人真是有点魔法。

“一共多少只？”

“三百多。”

“三百多少？”

“三百四十二。”

他拣一个高处，四面一望。

“你数数。大概不差了。——嗨！你这里头怎么来了一只老鸭？”

“没有，都是当年的。”

“是哪家养的老鸭教你裹来了！”

倪二分辩。分辩也没用。他一伸手捞住了。

“它屁股一撅，就知道。新鸭子拉稀屎，过了一年的，才硬。鸭肠子搭头的那儿有一个小箍道，老鸭子就长老了。你看看！裹了人家的老鸭还不知道，就知道多了一只！”

倪二只好笑。

“我不要你多，只要两只。送不送由你。”

怎么小气，也没法不送他。他已经到鸭圈子提了两只，一手一只，拎了一拎。

“多重？”

他问人。

“你说多重？”

人问他。

“六斤四——这一只，多一两，六斤五。这一趟里顶肥的两只。”

“不相信。一两之差也分得出，就凭手拎一拎？”

“不相信？不相信拿秤来称。称得不对，两只鸭算你的；对了，今天晚上上你家喝酒。”

到茶馆里借了秤来，称出来，一点都不错。

“拎都不用拎，凭眼睛，说得出这一趟鸭一个一个多重。不过先得大叫一声。鸭身上有毛，毛蓬松着看不出来，得惊它一惊。一惊，鸭毛就紧了，贴在身上了，这就看得哪只肥，哪只瘦。晚上喝酒了，茶馆里会。不让你费事，鸭杀好。”

他刀也不用，一指头往鸭子三岔骨处一捣，两只鸭挣扎都不挣扎，就死了。

“杀的鸭子不好吃。鸭子要吃呛血的，肉才不老。”

什么事都轻描淡写，毫不装腔作势。说话自然也流露出得意，可是得意中又还有一种对于自己的嘲讽。这是一点本事。可是人最好没有这点本事。他正因为有这些本事，才种种不如别人。他放过多年鸭，到头来连本钱都蚀光了。鸭瘟。鸭子瘟起来不得了。只要看见一只鸭子摇头，就完了。这不像鸡。鸡瘟还有救，灌一点胡椒、香油，能保住几只。鸭，一个摇头，个个摇头，不大一会，都不动了。好几次，一趟鸭子放到荡里，回来时就剩自己一个人了。看着死，毫无办法。他发誓，从此不再养鸭。

“倪老二，你不要肉疼，十块钱不白要你的，我给你送到。今天晚了，你把鸭圈起来过一夜。明天一早我来。三爷，十块钱赶一趟鸭，不算顶贵噢?”

他知道这十块钱将由谁来出。

当然，第二天大早来时他仍是一个陆长庚：一夜“七戳五在手”，输得光光的。

“没有！还剩一块!”

这两个老人怎么会到这个地方来呢？他们的光景过得怎么样了呢？

一九四七年初，写于上海

牵手阅读：

这篇小说主要写了两个具有传奇色彩的民间“能人”——余老五和陆长庚，但这两个人物的出场却被作家安排到了最后。前边分别写了父亲洗刮鸭掌、对童年鸡鸭店的回忆、沙滩

上分鸭子、两口子运鸡等看似与“鸡鸭名家”毫无联系的“闲笔”，最后才由“我”与父亲的对话引出“鸡鸭名家”。这是汪曾祺小说的一大特点，也是其好处所在。作家往往在小说情节发展的紧要关头延宕一笔，让读者悬起来的心迟迟落不下，却不得不跟随作家一同去看那民风民俗、世间百态。最奇怪的是读着读着，读者着急的心突然放松了，获得了一种轻松的感觉，成了一种享受。然而作家在每一小事件的间隙都插入一句：“那两个老人是谁呢？”不断引起读者的好奇和猜测，而且前面所述的小事情不是与鸡相关就是与鸭相关，正好为后面两个人物的出场鸣锣开道。汪曾祺的小说看起来是散淡的，这是由作家行文的自由所导致的。这种叙述的自由使得小说看起来充满了“节外生枝”，而恰恰是这些枝节形成了小说的血肉，丰富了小说的内涵，也增强了小说的感染力。比如这篇小说写了回忆里家乡夏天任人取用的凉茶，写了萍水相逢的老人帮助年轻夫妇推车，写了《打花鼓》的戏词，字里行间充满了脉脉温情，带给我们长久的感动。

另外，这还是一篇语言非常优美的小说，文白相杂，既通俗又典雅。典雅尤其表现在对四字短语的运用上：“万籁有声”、“江流浩浩”、“雍雍雅雅”、“沉沉雾霭”、“淡淡金光”、“文文雅雅”、“摆摆摇摇”等词语，无论是写景还是摹物，都优美贴切。而那些经过加工的白话则充满生机和活力：“而鸭子嘴全都闭得扁扁的。黄嘴也是扁扁的，绿嘴也是扁扁的”，“小鸡娇弱伶仃，小鸭傻气而固执”。看似口语化的语言，却经过了作家仔细的雕琢，韵律优美，读来朗朗上口，亲切自然。汪曾祺的小说韵味醇厚，但这种韵味隐藏在平淡的语言中，需要我们反复体味才能领会。

老　舍

（1899～1966），字舍予，原名舒庆春，满族正红旗人。生于北京，中国现代著名小说家、文学家、戏剧家。著有小说《老张的哲学》、《骆驼祥子》、《四世同堂》，剧本《龙须沟》、《茶馆》等。老舍的文学语言通俗简易，朴实无华，幽默诙谐，具有较强的北京韵味。

断魂枪

老　舍

沙子龙的镖局已改成客栈。

东方的大梦没法子不醒了。炮声压下去马来与印度野林中的虎啸。半醒的人们，揉着眼，祷告着祖先与神灵；不大会儿，失去了国土、自由与主权。门外立着不同面色的人，枪口还热着。他们的长矛毒弩，花蛇斑彩的厚盾，都有什么用呢；连祖先与祖先所信的神明全不灵了啊！龙旗的中国也不再神秘，有了火车呀，穿坟过墓破坏着风水。枣红色多穗的镖旗，绿鲨皮鞘的钢刀，响着串铃的口马，江湖上的智慧与黑话，义气与声名，连沙子龙，他的武艺、事业，都梦似的变成昨夜的。今天是火车、快枪，通商与恐怖。听说，有人还要杀下皇帝的头呢！

这是走镖已没有饭吃，而国术还没被革命党与教育家提倡起来的时候。

谁不晓得沙子龙是短瘦、利落、硬棒，两眼明得像霜夜的大星？可是，现在他身上放了肉。镖局改了客栈，他自己在后小院占着三间北房，大枪立在墙角，院子里有几只楼鸽。只是在夜间，他把小院的门关好，熟习熟习他的“五虎断魂枪”。这条枪与这套枪，二十年的工夫，在西北一带，给他创出来“神枪沙子龙”五个字，没遇见过敌手。现在，这条枪与这套枪不会再替他增光显胜了；只是摸摸这凉、滑、硬而发颤的杆子，使他心中少难过一些而已。只有在夜间独自拿起枪来，才能相信自己还是“神枪沙”。在白天，他不大谈武艺与往事；他的世界已被狂风吹走了。

在他手下创练起来的少年们还时常来找他。他们大多数是没落子弟，都有点武艺，可是没地方去用。有的在庙会上去卖艺：踢两趟腿，练套家伙，翻几个跟头，附带着卖点大力丸，混个三吊两吊的。有的实在闲不起了，去弄筐果子，或挑些毛豆角，赶早儿在街上论斤吆喝出去。那时候，米贱肉贱，肯卖膀子力气本来可以混个肚儿圆；他们可是不成：肚量既大，而且得吃口管事儿的；干饽饽辣饼子咽不下去。况且他们还时常去走会：五虎棍，开路，太狮少狮……虽然算不了什么——比起走镖来——可是到底有个机会活动活动，露露脸。是的，走会捧场是买脸的事，他们打扮得像个样儿，至少得有条青洋绉裤子，新漂白细市布的小褂，和一双鱼鳞洒鞋——顶好是青缎子抓地虎靴子。他们是神枪沙子龙的徒弟——虽然沙子龙并不承认——得到处露脸，走会得赔上俩钱，说不定还得打场架。

没钱，上沙老师那里去求。沙老师不含糊，多少不拘，不让他们空着手儿走。可是，为打架或献技去讨教一个招数，或是请给说个“对子”——什么空手夺刀，或虎头钩进枪——沙老师有时说句笑话，马虎过去：“教什么？拿开水浇吧！”有时直接把他们赶出去。他们不大明白沙老师是怎么了，心中也有点不乐意。

可是，他们到处为沙老师吹腾，一来是愿意使人知道他们的武艺有真传授，受过高人的指教；二来是为激动沙老师：万一有人不服气而找上老师来，老师难道还不露一两手真的吗？所以，沙老师一拳就砸倒了个牛！沙老师一脚把人踢到房上去，并没使多大的劲！他们谁也没见过这种事，但是说着说着，他们相信这是真的了，有年月，有地方，千真万确，敢起誓！

王三胜——沙子龙的大伙计——在土地庙拉开了场子，摆好了家伙。抹了一鼻子茶叶末色的鼻烟，他抡了几下竹节钢鞭，把场子打大一些。放下鞭，没向四围作揖，叉着腰念了两句：“脚踢天下好汉，拳打五路英雄！”向四围扫了一眼：“乡亲们，王三胜不是卖艺的；玩意儿会几套，西北路上走过镖，会过绿林中的朋友。现在闲着没事，拉个场子陪诸位玩玩。有爱练的尽管下来，王三胜以武会友，有赏脸的，我陪着。神枪沙子龙是我的师傅；玩意地道！诸位，有愿下来的没有？”他看着，准知道没人敢下来，他的话硬，可是那条钢鞭更硬，十八斤重。

王三胜，大个子，一脸横肉，努着对大黑眼珠，看着四周。大家不出声。他脱了小褂，紧了紧深月白色的“腰里硬”，把肚子杀进去。给手心一口唾沫，抄起大刀来：

“诸位，王三胜先练趟瞧瞧。不白练，练完了，带着的扔几个；没钱，给喊个好，助助威。这儿没生意口。好，上眼！”

大刀靠了身，眼珠努出老高，脸上绷紧，胸脯子鼓出，像两块老桦木根子。一跺脚，刀横起，大红缨子在肩前摆动。削砍劈拨。蹲越闪转，手起风生，忽忽直响。忽然刀在右手心上旋转，身弯下去，四围鸦雀无声，只有缨铃轻叫。刀顺过来，猛的一个“踩泥”，身子直挺，比众人高着一头，黑塔似的，收了势：“诸位！”一手持刀，一手叉腰，看着四围。稀稀地扔下几个铜钱，他点点头。“诸位！”他等着，等着，地上依旧是那几个亮而削薄的铜钱，外层的人偷偷散去。他咽了口气：“没人懂！”他低声地说，可是大家全听见了。

“有功夫！”西北角上一个黄胡子老头儿答了话。

“啊？”王三胜好似没听明白。

“我说：你——有——功——夫！”老头子的语气很不得人心。

放下大刀，王三胜随着大家的头往西北看。谁也没看重这个老人：小干巴个儿，披着件粗蓝布大衫，脸上窝窝瘪瘪，眼陷进去很深，嘴上几根细黄胡，肩上扛着条小黄草辫子，有筷子那么细，而绝对不像筷子那么直顺。王三胜可是看出这老家伙有功夫，脑门亮，眼睛亮——眼眶虽深，眼珠可黑得像两口小井，深深地闪着黑光。王三胜不怕：他看得出别人有功夫没有，可更相信自己的本事，他是沙子龙手下的大将。

“下来玩玩，大叔！”王三胜说得很得体。

点点头，老头儿往里走。这一走，四处全笑了。他的胳臂不大动；左脚往前迈，右脚随着拉上来，一步步地往前拉扯，身子正着，像是患过瘫痪病。蹭到场中，把大衫扔在地上，一点没理会四围怎样笑他。

“神枪沙子龙的徒弟，你说？好，让你使枪吧，我呢？”老头子非常得干脆，很像久想动手。

人们全回来了，邻场耍狗熊的无论怎么敲锣也不中用了。

“三截棍进枪吧？”王三胜要看老头子一手，三截棍不是随便就拿得起来的家伙。

老头子又点点头，拾起家伙来。王三胜努着眼，抖着枪，脸上十分难看。

老头子的黑眼珠更深更小了，像两个香火头，随着面前的枪尖儿转，王三胜忽然觉得不舒服，那俩黑眼珠似乎要把枪尖吸进去！四处已围得风雨不透，大家都觉出老头子确是有威。为躲那对眼睛，王三胜耍了个枪花。老头子的黄胡子一动："请！"王三胜一扣枪，向前躬步，枪尖奔了老头子的喉头去，枪缨打了一个红旋。老人的身子忽然活展了，将身微偏，让过枪尖，前把一挂，后把撩王三胜的手。啪，啪，两响，王三胜的枪撒了手。场外叫了好。王三胜连脸带胸口全紫了，抄起枪来；一个花子，连枪带人滚了过来，枪尖奔了老人的中部。老头子的眼亮得发着黑光；腿轻轻一屈，下把掩裆，上把打着刚要抽回的枪杆；啪，枪又落在地上。

场外又是一片彩声。王三胜流了汗，不再去拾枪，努着眼，木在那里。老头子扔下家伙，拾起大衫，还是拉拉着腿，可是走得很快了。大衫搭在臂上，他过来拍了王三胜一下："还得练哪，伙计！"

“别走！”王三胜擦着汗，“你不离，姓王的服了！可有一样，你敢会会沙老师？”

“就是为会他才来的！”老头子的干巴脸上皱起点来，似乎是笑呢，“走？收了吧，晚饭我请！”

王三胜把兵器拢在一处，寄放在变戏法二麻子那里，陪着老头子往庙外走。后面跟着不少人，他把他们骂散了。

“你老贵姓？”他问。

“姓孙哪，”老头子的话与人一样，都那么干巴，“爱练，久想会会沙子龙。”

沙子龙不把你打扁了！王三胜心里说。他脚底下加了劲，可是没把孙老头落下。他看出来，老头子的腿是老走着查拳门中的连跳步；交起手来，必定很快。但是，无论他怎么快，沙子龙是没对手的。准知道孙老头要吃亏，他心中痛快了些，放慢了些脚步。

"孙大叔贵处？"

"河间的，小地方。"孙老者也和气了些，"月棍年刀一辈子枪，不容易见功夫！说真的，你那两手就不坏！"

王三胜头上的汗又回来了，没言语。

到了客栈，他心中直跳，唯恐沙老师不在家，他急于报仇。他知道老师不爱管这种事，师弟们已碰过不少回钉子，可是他相信这回必定行，他是大伙计，不比那些毛孩子；再说，人家在庙会上点名叫阵，沙老师还能丢这个脸吗？

"三胜，"沙子龙正在床上看着本《封神榜》，"有事吗？"

三胜的脸又紫了，嘴唇动着，说不出话来。

沙子龙坐起来："怎么了，三胜？"

"栽了跟头！"

只打了个不甚长的哈欠，沙老师没别的表示。

王三胜心中不平，但是不敢发作；他得激动老师："姓孙的一个老头儿，门外等着老师呢；把我的枪，枪，打掉了两次！"他知道"枪"字在老师心中有多大分量。没等吩咐，他慌忙跑出去。

客人进来，沙子龙在外间屋等着呢。彼此拱手坐下，他叫三胜去泡茶。三胜希望两个老人立刻交了手，可是不能不沏茶去。孙老者没话讲，用深藏着的眼睛打量沙子龙。

沙子龙很客气："要是三胜得罪了你，不用理他，年纪还轻。"

孙老者有些失望，可也看出沙子龙的精明。他不知怎样好了，不能拿一个人的精明断定他的武艺。“我来领教领教枪法！”他不由得说出来。

沙子龙没接茬儿。王三胜提着茶壶走进来——急于看二人动手，他没管水开了没有，就沏在壶中。

“三胜，”沙子龙拿起个茶碗来，“去找小顺们去，天汇见，陪孙老者吃饭。”

“什么！”王三胜的眼珠几乎掉出来。看了看沙老师的脸，他敢怒而不敢言地说了声：“是啦！”走出去，噘着大嘴。

“教徒弟不易！”孙老者说。

“我没收过徒弟。走吧，这个水不开！茶馆去喝，喝饿了就吃。”沙子龙从桌子上拿起缎子褡裢，一头装着鼻烟壶，一头装着点钱，挂在腰带上。

“不，我还不饿！”孙老者很坚决，两个“不”字把小辫从肩上抡到后边去。

“说会子话儿。”

“我来为领教领教枪法。”

“功夫早搁下了，”沙子龙指着身上，“已经放了肉！”

“这么办也行，”孙老者深深地看了沙老师一眼，“不比武，教给我那趟五虎断魂枪。”

“五虎断魂枪？”沙子龙笑了，“早忘干净了！早忘干净了！告诉你，在我这儿住几天，咱们各处逛逛，临走，多少送点盘缠。”

“我不逛，也用不着钱，我来学艺！”孙老者立起来，“我练趟给你看看，看够得上学艺不够！”一屈腰已到了院中，把楼鸽都吓飞起去。拉开架子，他打了趟查拳：腿快，手飘洒，一个飞脚起去，小辫儿飘在空中，像从天上落下来一个风筝；快之中，每个架子都摆得稳、准，利落；来回六趟，把院子满都打到。走得圆，接得紧，身子在一处，而精神贯串到四面八方。抱拳收势，身儿缩紧，好似满院乱飞的燕子忽然归了巢。

“好！好！”沙子龙在台阶上点着头喊。

“教给我那趟枪！”孙老者抱了抱拳。

沙子龙下了台阶，也抱着拳：“孙老者，说真的吧，那条枪和那套枪都跟我入棺材，一齐入棺材！”

“不传？”

“不传！”

孙老者的胡子嘴动了半天，没说出什么来。到屋里抄起蓝布大衫，拉拉着腿：“打搅了，再会！”

“吃过饭走！”沙子龙说。

孙老者没言语。

沙子龙把客人送到小门，然后回到屋中，对着墙角立着的大枪点了点头。

他独自上了天汇，怕是王三胜们在那里等着。他们都没有去。

王三胜和小顺们都不敢再到土地庙去卖艺，大家谁也不再为沙子龙吹腾；反之，他们说沙子龙栽了跟头，不敢和个老头儿动手；那个老头子一脚能踢死个牛。不要说王三胜输给他，沙子龙也不是他的对手。不过呢，王三胜到底和老头子见了个高低，而沙子龙连句话也没敢说。“神枪沙子龙”慢慢似乎被人们忘了。

夜静人稀，沙子龙关好了小门，一气把六十四枪刺下来，而后，拄着枪，望着天上的群星，想起当年在野店荒林的威风。叹一口气，用手指慢慢摸着凉滑的枪身，又微微一笑：“不传！不传！”

牵手阅读：

夜静人稀，鬓发斑白的沙子龙开始在庭院里舞动断魂枪，六十四枪刺下来，招招致命，枪枪断魂！没有观众，也不需要观众；没有喝彩，更不需要喝彩。老头子星眼一睁，大枪一指，定格月下，威风丝毫不减当年。可是，在这东方大梦不醒，炮声四起，祖先神明也不再显灵的时代，比武艺，拉场子，再也麻醉不了民间的英雄了。声名远扬的“五虎断魂枪”，“神枪沙子龙”，拒不比武，那凶狠的打打杀杀的招式，老头子再也不愿传授炫耀。民间的武林高手就以此种方式，捍卫着国术，捍卫着心中的国土、自由和主权。月光下的微笑，正是神枪手最断魂、最英雄的瞬间。

聂鑫森

(1948~)，祖籍江西新干，生于湖南湘潭。著有长篇小说《夫人党》、《浪漫人生》，诗集《地面和地底的开拓》，中短篇小说集《太平洋乐队的最后一次演奏》、《诱惑》、《生死一局》、《镖头杨三》，散文随笔集《优雅的存在》、《触摸古建筑》等，文化专著《陈姓》、《红楼梦性爱解码》等。

扇子冯三

聂鑫森

湘中古城湘潭，绵延千年，是个极繁华的口岸。出过名宦，出过巨贾，出过大儒，当然在那五行八作之中，也出过不少身怀绝技的能人、高手，扇子冯三便是此中的一个。严格地说，应称之为修扇子的冯三，但说起来拗口，便省略成扇子冯三了。

冯三自然是以排行为名，真正的姓名是冯谦仁，因年长资深，人多尊称他为冯三爷或三爷。他所操营生是修扇子。

冯三爷修扇子修了近五十年，时光在他手上流过来流过去，染出他一头白发，他常暗里一惊：快七十了。

修扇子这活计，可说是个雅事，打交道的并非是一般俗众，举凡下力的，做小买卖的，他们不用折扇，用的是蒲扇、草扇，扇起来风大，也便宜，破了一丢，没有叫人修的道理。即便用的是折扇，也是平平常常的扇骨，平平常常的扇面，值不了几个钱，破损了，亦无需再修。

冯三爷修的不是一般的折扇，打交道的是一些有身份的人。

有身份的人，自矜扇子有多少把，扇骨和扇面以及装扇子的扇套，都有所考究。扇骨有湘妃竹的、象牙的、棕竹的、紫檀的、玳瑁的、凤眼的、檀香的、斑竹的、刻竹的、烫花的、挑丝的、乌木的、鸡翅木的、罗汉竹的、银丝棕的。扇面有泥金的；也有名人题写丹青和书法的，一面或山水，或花卉，或飞禽，或走兽，或人物；另一面或真，或草，或隶，或篆。扇自然是以名人题写的为贵。一扇必有一套，或刺绣，或剪绒，或挑罗，或刻丝，或骈金，或打子，或织绒，或什锦，很见其巧思。

有身份的人使扇子，不光是为引清风而去热暑，讲究的是一种风度、一种气派。一到梨花寒食，就开始用扇子，一直要用到菊花黄时，才收起来。因这些扇子贵重，或扇骨损伤一根、两根，或扇面破损一处、两处，就得有人修，而且要找有绝技的人修。每到这时候，必说："怎不见扇子冯三来？"

冯三爷挑着一副非常轻巧的担子，轻得算不上有什么重量；左手总是摇着一把自制的折扇，在这些人家门口转。他知道哪些人家专使名贵的扇子，使得是什么式样的扇子，所以担子里常备着各种扇骨子和扇面料，还有胶水、糨糊、刀具、拔子（细竹片扦子，粘扇面时要用竹扦把扇面折叠处一一捅开，再把扇骨子一一插入)。

担子两端的绳子上，系着小铜铃，担子一闪一闪，铃子也就清亮地响个不停，用不着叫喊，就知道是修扇子的冯三爷来了。用折扇的不仅仅是男人，女人也用，不过极小巧，极玲珑，叫坤扇。男人用的折扇宽大得多，叫雅扇。还有梨园子弟登台用的扇，比雅扇更宽大，叫伶扇。冯三爷修了这些年的扇子，见过许多世面，没有什么活计可以难得住他。

叫冯三爷修扇的人家，彼此熟识，从不问价钱，冯三爷也不必讲价钱，修完了，说声："您仔细看看，行不行?"

那人必说："三爷的手艺，信得过。"便掏一把钱给三爷，不必去细数，那是绝不会少的。

冯三爷说声："打扰了!"挑起担子就走，铃声洒了一路，路也变得清亮。

三爷一直是个孤人。他常说："睡下是一个人，站起是一个人，清清爽爽。"似乎有赖上苍及神明的保佑，身子骨倒是很硬气。三爷于是不愁，不怨，悠悠地打发着日子。

花如意每年必叫他修两次扇子，一次是寒食前夕，一次是黄花落后。

花如意原是一个红角儿，北地人，后来积蓄了一笔家私，移居到这江南的古城。年轻时，她的戏唱红了大江南北，唱《贵妃醉酒》，唱《天女散花》，唱《宇宙锋》，唱《起解》……上场就是满堂子彩，且容貌出众，活脱脱一个美人坯子，多少豪门巨户的风流少年，趋之若鹜。后来年岁大了，也就再不登台，如今一个人幽居在曲曲巷的一座深宅里，除一个女佣照料家事外，别无他人。花如意一年到头不出门，谁也看不到她。据那个女佣说，她的主人不想见客，因为她老了，老得难看了，让人还是留着她年轻时的印象吧。

可冯三爷每次去修扇子，花如意却不避讳，总是把他让到厅堂。厅堂很宽敞，四角的古式高脚茶几上，四时轮换摆着花草，姹紫嫣红，一厅堂的花影花香。花如意娴静地坐着，看冯三爷修扇子，一边跟他拉家常。

“三爷，生意怎么样?”

“托您的福，过得去。”

冯三爷勾着头，一边干活，一边答话，他不敢看花如意。不是花如意不好看，而是太好看了。花如意少说也有六十了，一点也不见老。四十年前，花如意随戏班子由北而来，在古城巡演，冯三爷看过她的戏，那真叫绝，如今她依然如故。脸模子、身段子、喉嗓子，好像一点也没有变，时光在她身上就似乎没有移动过。

过了一会，花如意亲自给冯三爷递过一盅茶，是碧螺春，一盅淡绿，香气飘满了一厅堂。

冯三爷颤颤地接过来，先是细细地呷一口，香透了心子。他想到茶盅里刚才映过花如意的影子，那影子几多娇美，心便有些醉，于是倾斜着盅子，竟咕咚一口灌了下去。他觉得有一个活生生的人影流下去了，流到他身体的各个部位里去了。

花如意微微一笑。

“看我，好孟浪。”三爷有些慌，解嘲地说了一句。

“这才好。”

“四十年前，我看过您的戏，一连看了十晚。真是好戏，喉咙喊‘好’都喊哑了，手掌也拍麻了。那时节，我替几户人家修了几把古扇，钱不少哩。看完了戏，家里连早饭米也没有了，一点也不愁，快快活活上街去找活干。”

“我晓得。”

“您怎么晓得?”

“有天，您在戏园子前走过，我让您修扇子，我在旁边看您修，您告诉我的。”

“啊，是的，看我几多啰嗦。”

“不，我喜欢听。”

花如意说完，长长地叹了口气。

“这扇面换吗？很旧了。”三爷每次都是这句话。

“不换，您给修补一下。四十年了，这扇面还是您给换的，我不想再换。”

花如意每次都这样回答。

这是把好坤扇，扇骨子是湘妃竹的，每根扇骨上都雕刻着清雅的梅、兰、竹、菊，还有字比蚂蚁还小的唐诗、宋词，是扬州一位名刻手刻的，刻了一个月。听说那人已作古了。扇面虽旧，纸却很结实，无非是稍稍黏糊一下，既用不了什么材料，也花不了多少工夫。可花如意一年却让他修两回，而每一回的工钱照例给不少。这使冯三爷很过意不去，每次来必带些极新鲜的食物来，比如灯芯糕，比如桂花糖，比如蟹黄蛋卷。他知道花如意喜欢吃这些食物，是那个女佣告诉他的。

“三爷，又破费您了。”

“哪里，哪里。”

每当这时候，花如意的眼圈便有些红。

“年轻那阵子……我悔哟……三爷，只有您看得起我。”

“不，不，是您抬举了我。”

“您给我修扇修了多少年啦？”

“快四十年啦。不过中间隔了许多年没见您。真正给您修扇，是近十年的事。”

“就为您给我修扇，我才住到这里来的。”

三爷打了一个愣噤。愣噤过后，三爷又出了一身猛汗。

花如意忽然掠了掠鬓角，问道：“三爷，您那‘百寿扇’，写满了一百个‘寿’字么？”

“还差哩。”三爷仿佛从梦中醒了过来，立即恢复了生气，闷闷地答。

“满了一百个‘寿’字，您老成仙成佛。”

“哪里哪里。”三爷修好了扇，得了一把钱，挑起担子，匆匆忙忙逃了出去。

身后那门很忧郁地开了，又很忧郁地关了。

三爷松了一口气。

“百寿扇”上的“寿”字，有了九十九个了，还差一个。

冯三爷也说不清他为什么要积存这“百寿扇”。

这是他精心制作的一柄雅扇，有半个小方桌那么大，乌木扇柄，宣纸裱的扇面，收藏在身边有四十来个年头了。他在那些豪门、名门出出入入，见过几多显赫的场面，听过几多高雅的清谈，一石一画，一桌一几，一盆一盘，因其年代久远，或是名手制作，便使其占有者身价百倍。他冯三爷顿生奇想，制作了这柄雅扇，得便时，专请那些年逾七旬的高寿者，当然得是名流，或军政要员，或文坛魁首，或艺苑名伶，或丛林高僧，或商界巨子，每人写一“寿”字，楷、行、草、隶、篆不论，落一单款，某某人多少岁题于何年何月何日，然后钤一印，每个人占半个手掌大小一块地方。

每夜，他必在灯下展观这扇子，欣赏各种各样的“寿”字，脑海里便浮现出许多的人及事来，也快乐，也苦涩，也惆怅。

第一个“寿”字，是正楷，是台阁体，秀雅端庄，那是一位前清老翰林题的。那时他还年轻，初夏时节，蹲在老翰林府清幽的天井里修一把古扇，象牙骨的，扇面却破损不堪。画着郑板桥的竹子，是真迹。三爷使出全身解数，重新装裱一番，使扇面焕然一新。老翰林正跟几位朋友在清谈，三爷小小心心地呈上扇子去。老翰林捋捋银须，连声说：“好！好！”趁着老翰林高兴，三爷从担子里拿出雅扇，说：“小的托您老的福，想请您在这扇上写个‘寿’字。”

老翰林哈哈一笑：“你也有这雅兴，一个手艺人?”

旁边有个小老头凑上前，说：“这冯老三倒也确有雅兴。明天是您老的八十大寿，让他给您叩三个头拜寿，您就赐题一个字吧。”

三爷一听，忙不迭地趴下叩了三个响头。

老翰林一挥手，吩咐人摆好砚台，命三爷执墨磨了有半个时辰久，方得到一个“寿”字。

三爷千恩万谢地走了。

过了几年，老翰林就仙逝了。

三爷在灯下独自叹息了一回。

第十三个“寿”字，草书，真如一团飘忽的云，抑或是一阵狂野的风，是觉慧寺挂单的昙昙和尚题写的。因去寺里烧香敬佛，熟识了，便请昙昙和尚务必动一动法笔。

那是一个黄昏，斜阳如画。在清幽洁净的禅房，昙昙和尚听完三爷所述说的根由，合掌道：“阿弥陀佛！众因缘生法，我说即是空，亦是为假名，亦是为道义。施主何必为此而忙碌?”

三爷直愣愣地望着昙昙和尚，一点也不明白是什么意思。

昙昙和尚摇摇头，扳开砚盖，提笔飞快地草写了一个“寿”字，单款题：孤僧昙昙，既不肯写年岁，也不肯写时间，印也不钤。

三爷木然，却又说不出什么来。

昙昙和尚把笔一搁，闭目合十，道：“不生亦不灭，不常亦不断，不一亦不异，不来亦不去。”

三爷拿起扇子，深作一揖，出了禅房。

昙昙和尚如今早已不在觉慧寺了，三爷去打听过他的去处，那些和尚说话总不让他懂，只说是：“流水行云一孤僧。”

再细问今在哪里？又是一个谜：“有山便有寺，有寺便有僧，施主如有缘分，随处可相见。”

大约是三爷和昙昙和尚没有缘分，一晃二十余年，他们再也没有碰过面。昙昙和尚或是一抹云，或是一缕风，有形又无形，即便见了，他三爷认得出么？

灯花红了，屋子忽地暗了一圈，三爷忙剪去灯花，焰头闪烁几下，复又明亮如初。他暗笑，灯花结彩，该是远方有客来？他既无亲戚，亦无朋友，可见古语也有虚晃人的时候。

他又细看下去，这第七十八个“寿”字，是一个古篆，高雅厚重，是本城有名的金石家刘一之先生所写。刘先生的治印可是江南一绝，他可以在袖中捉刀，立等可取。但他不常刻，要有雅兴时才动刀，因而名声益盛，豪门大户以收藏他的刻石为幸。

三爷因替他修扇子，彼此成了知己。有一次三爷问：“刘先生，你既刻印这般容易，何不多刻？”

刘先生一笑：“你不懂，少而精，精而贵，多刻就不值价了，这世道常赖名声而活，常为名声而死。来，听说你求人题扇多遭白眼，我今年虚岁七十，也为你写一个吧。”

刘先生写了一个篆体“寿”字，款识却题写了一串蝇头小楷：“刘一之，七十老翁。有修扇人谦仁来谒，觉其有古雅风，而题于×年×月×日。”

以后，刘先生还为三爷刻过一方印，是朱文的，刻的是“冯三”二字。并说之所以刻“冯三”，是古人有以排行作名的先例。

这已是十年前的事。题过“寿”字后，刘先生右半身中风，再也不能握刀了。门前冷落车马稀，似已无人记得他。半月前，三爷提着些鸭梨去看望刘先生，刘先生卧在床上，老妻在厨房为他熬药，一屋子的药石味。

刘先生见是冯三爷，很高兴，高兴后又落下一泡泪，哽咽着说："三爷，你还记得我，别人早忘记了我。我曾说过人为名声而活、人为名声而死的话，而眼下我是人未死，却名声先死了。一生中几起几落，至今才真正品出况味来。"

三爷劝说了一阵，方离开刘宅。

夜渐深，三爷看完了九十九个"寿"字，合上扇，吹熄灯倒到床上去睡，却睡不着，九十九个"寿"字，于黑暗中渐渐清晰，飞舞着，撞击着，分明有喧杂的声音塞满了一屋子。"满了一百个'寿'字，您老成仙成佛。"是谁在说，那样清润，那样凄苦，是花如意的声音。九十九个"寿"字，纷纷朝两边退去，花如意好看的脸庞，猛地显现在眼前。三爷一惊，花如意怎么会来到他屋里？其实，打从第一次看她的戏，三爷就心里有了她。有了她，而不敢对任何人说，说了只会遭人讪笑，他配么?! 花如意是红角儿，不论在台上还是在台下，不管是年轻还是年老，他冯三爷只能是想想而已。想想也就满足，况且一年之中还能见两次，他还图什么？这一辈子什么也不奢望了，没找过女人是因为心里有了一个女人。要紧的是这"百寿扇"，细细一想，这许多年竟是为它而活着，所以也就有了些意思。假定他三爷有了一柄真正的"百寿扇"，不也成了个人物么？于是心情也就平静下来。合上扇，收好，只剩下一屋子的安宁。他觉得倦意压上了眼皮，便心安理得沉入到一个梦里去。

转眼到了冬令。今年似乎冷得早，刚入冬就飘飘洒洒下了一场小雪。

清早，三爷刚吃过饭，门外有人喊：

"扇子冯三住这里么？"

三爷忙打开门，面前站着一个年轻的马弁，很年轻，很潇洒。黑亮的靴子衬着一街薄薄的雪，刺目。

“您找我？”

“找您修扇子。”

“贵府何处？”

“城东王府街鲁太老爷家。”

“鲁太老爷？”

“就是新任督军长官的爹，才搬来不久。”

“啊。好，就去就去。”

冯三爷挑起担子，锁了门，随马弁踏着一路雪花到了鲁府。

鲁府修整一新，门边分立着威武的石头狮子，龇牙咧嘴，怪骇人的。黑漆大门上嵌着铜钉、铜门环，亮闪闪的。三爷一想，这不是那个老翰林的府第么？如今物换星移，人世间的盛衰荣枯真个是说不清楚。

进得门来，马弁让他在厅堂候着，径直进去通报。不一会儿，从里面走出一个银髯飘飘的老者，步履虽有些艰难，但脸上的气色却是很好。他“咳”了两声，说：“修扇的，想不到你在这地面上倒是有些名气，这两把古扇，你替我着意修修。”

“那是一定的。那是一定的。”

话刚完，早有年轻的丫鬟，从内室拿出两把扇子来。

鲁太老爷从从容容坐到太师椅上，一边品着盖碗里的茶，一边看着冯三爷修扇子。

虽是初冬天气，但高门深宅并不甚冷，丫鬟们忙着搬来火红的炭盆，火苗子一跳一跳，不时爆出一串一串的火星子，声音很脆亮。

鲁老太爷问：“修扇的，你见识得多，你看这两把扇如何？”

“自然是好扇，这是镂银扇骨，工艺非高手莫属，扇面是石涛的山水，很名贵的。”

鲁太老爷“呵呵”地笑了。

其实，这扇面上的石涛山水，是赝品，三爷不肯说破，是要讨老太爷的欢心。

“你见得多，本城人家有什么好扇子呀?”

三爷说：“刘一之先生家有一柄玳瑁扇，扇面是八大山人的画，倒是真品。”

“是那个刘瘫子么？他也配用那样的扇子。还有呢?”

“花如意家有一柄湘妃竹坤扇，扇骨上刻着梅、兰、竹、菊与书法，是扬州一个名刻手刻的，可称精品。”

“是那个女戏子么?”

三爷没有答话。

鲁老太爷忽然淫狎地笑了：“她当年倒是很红，身价高，一出场就是千金之酬，可称是一个尤物。”

“她是一个好人，如今独自住在曲曲巷。”三爷喃喃地说。

“她如今还活着？无夫寡居，戏子有几个是好东西!”

三爷手背上的青筋猛地突了起来，一张脸涨得通红，突然吐了一口痰，声音很响。

修了小半天，扇子修好了。三爷送上去，鲁老太爷看了看，说：“手艺还可以，多少钱呀?”

三爷说：“您别见外，随便给。我……我想请您写一个‘寿’字。我的‘百寿扇’就差一个字了。”

鲁老太爷仰起脸，奇怪地看了一阵三爷，说：“什么‘百寿扇’，拿来看看。”

三爷忙把“百寿扇”取出来，递了上去。

鲁老太爷眯缝着眼，看了一阵，很不以为然地说：“倒是有几个名人，不过要我屈居其后，岂不有失体统，我儿可算是一方诸侯，我是一方诸侯的爹。况且，题百寿必自损寿，这第一百个‘寿’字，我怎么能写!”

鲁老太爷不屑地把扇子往地下一甩，鼻子“哼”了一声，走到内室去了。马弁随手给了三爷几个钱，叱道：“走。”

三爷拾起扇子，头忽地一阵晕眩，拼命挣扎才定住神，挑起担子腻腻地出了鲁府。他好恨这位鲁太老爷，如此骄矜，他不肯题“寿”字就罢了，还辱骂了刘先生及花如意，而他竟不敢辩驳，这做人做得多没意思。

冯三爷病了。头痛，胸口痛，浑身无力，什么东西也不想吃。整日躺在床上，满脑子的奇思怪想，总是见无数个“寿”字嗡嗡地响，黑压压一片，铺天盖地直朝他扑过来，细数数，又分明只九十九个！他觉得他身子很乏，似乎再不可支撑下去，这“百寿扇”他是不可拥有了，好遗憾，就差一个“寿”字。于“寿”字的间隙中，忽然出现无数张熟悉的脸，都是曾为他题写过“寿”字的人，如今却有一大半作了古，剩下的，或瘫，或病，或不知去向，人世间的事真是难讲。迷迷糊糊中，见一个披袈裟的和尚朝他走来，是昙昙和尚，他们终于又相见了，莫非是有缘分么？

三爷问：“大师从何处来？”

昙昙和尚说：“我从来处来。”

“来看我。”

“我来看。”

“第一百个‘寿’字？”

“寿人亦自寿，大河亦涓流，施主何必为这扇子所累。”

“你是说……”三爷正要细问下去。

昙昙和尚道声：“阿弥陀佛！”飘然而去，向不可知的远方。

三爷醒了。

冷月当窗，一片静寂。

他挣扎着爬起来，点亮油灯，从床底下寻得一方破砚，一支秃笔，半块残墨。待把墨磨酽，用秃笔写了一个似楷似隶的“寿”字，款识为：扇子冯三七十虚过题于某年某月某日，然后，铃上刘先生给他刻的那方印。

一百个“寿”字写满了。他三爷修了一辈子的扇子，精于一行，难道不算一个名人么？他今年满六十九，虚年七十，难道不算一个有寿的人么？他忽然捧起这扇子，高高兴兴地哭了一场。

美美地吃过一顿早饭，正要挑担出门，忽见花如意家的那个女佣，提着一篮子的时鲜水果，摇了进来。

“花姑娘说，你病了，叫我来看看你。”

“她怎么晓得?”

“我也说不清楚。”女佣放下篮子，说，“后花园有一棵老竹冻死了，她就说你病了。”

三爷一惊。他小时候在乡下，后山一片翠竹，生下来的那年春天，满山的春笋直往土外钻。爹说他命贱，就有了一个“竹生”的小名。不过这城里是没有一个人知道的。是不是他告诉过花如意？三爷不记得了。世上的事哪里记得那样多。

三爷问：“她好么?”

“不怎么好，常吐血。”

“呀，那怎么得了!”

“你只记得‘百寿扇’！你好蠢!”女佣说完，匆匆走了。

三爷窘得半晌无言，细细想起平日花如意的言语行态，突然觉得脑子一亮，狠狠地在胸脯上擂了一拳。

这柄“百寿扇”真害了他，害得他入了邪道。题“百寿扇”的人既然都得死，他自然也逃不脱的，一个逃不脱死的人，又要这“百寿扇”有什么意思？为了它，磕过头，讲过好话，受过侮辱，也辜负了一个女人的心。世人总是为这些身外的东西所累，真是糊涂。

他决定去找花如意。尽管已到了这个年岁。但还不晚，只要她应允，他会爱她到死的。

走到门口，三爷又退回来。心里说：慢，我为“百寿扇”所累，何不让它再去累那些愿为它累的人，先将扇变卖了，得一个善价，好好地过几天舒坦日子。

于是，三爷在城中各热闹处，贴出“纸挥子”，上写有名贵“百寿扇”出让，价钱面议。

这消息轰动了名门豪户，谁都想得到“百寿扇”，这是个极吉祥的物件，可添寿，可添福，且题字的人都为名人，值价，强似藏金收银。

价钱由一千，上涨到三千、五千、八千，直到一万。一万白花花的光洋！

一来一回地讨价还价，竟耽搁了不少日子。转眼来到三九隆冬，朔风呼啸，滴水成冰，好个冷漠的世界。

鲁太老爷钱大气粗，抛出一万元，买下了“百寿扇”。对于已逾九旬的他，这是个好兆头，他是可以活过百岁的。

三爷揣着这一万元的银票，兴冲冲到花如意的府上去。天真冷，可他的心却热得喷火。走到花府的门口，只见两扇门的门环上，各系一朵素洁的白花，哀婉地斜斜低垂。

待三爷把门擂开，女佣凄楚地告诉他：花如意昨夜里去了，落气时，轻轻喊了声“冯三爷”，就闭上了眼睛。

冯三爷发疯似的扑进厅堂，茶几上花盆里的老梅，竟已落尽花瓣，只剩下光秃秃的枝干。他又扑进内室，扑到花如意的床前，号啕痛苦。他没有去揭开那盖在花如意脸上的白绸布。他不必看，他知道那是一张怎样美丽，又怎样充满幽怨的脸。

他不停地捶打胸脯，他怎么又为这“百寿扇”误了时辰！

他用一万块光洋，轰轰烈烈地为花如意办了丧事。

一色贵重新颖的寿衣、寿鞋、寿帽、寿被。一副极大极重

的紫檀木寿棺。请了一大班僧尼来做道场。送上山时，雇了一大帮年轻男女来做孝子孝女，哭哭啼啼地哀恸了一座古城。

花如意所有的房产、遗产都由女佣继承。

三爷依旧修扇子。修扇子而再不使用扇子，但一年四季，左手总是上下晃动，有人问他这是做什么？

三爷说："扇扇子。"

大家便窃笑："扇子在哪里呢？"

三爷反笑他们："你们看不见，我倒觉得有一阵一阵的清风扑面呢。"

过了一些日子，三爷不见了。有人看见他挑着担子出了城，有人说仿佛在外地看见他傍着街市修扇子，有人说他出家当了和尚……

反正古城从此不见了扇子冯三。

牵手阅读：

湘中古城，清晨铃声响起，叮叮，"修扇来"；当当，"挑担去"。五十年中，古城的铃声脆了半个世纪。冯三爷修扇亦爱扇，毕生心血为集"百寿扇"。这百个"寿"字之中，有楷有隶，有篆有草……题字之人，有手艺出众者，有位高权重者，有行云流水者，亦有目中无人者……然而，不论是谁，凡题"寿"者，或残或伤或下落不明，终是世事难料。伴着清晨的露水和脆亮的铃声，古城中多少人开始忙碌自己的好前程，好名声，却忘记了珍惜自己最弥足珍贵的东西。就连清楚名利皆空的冯三爷，不也是想赚得一笔白银舒服舒服再去找寻回忆吗？花如意故去，古城中的脆铃摇远了，摇到再也听不见的地方去了。

最美的人间烟火

最美的人间烟火便是亲情。儿女成长过程中父母的百般呵护、殷殷希望总是令人永世难忘。亲情生长在我们的血脉里，是一生都抹不去的记忆。无论是沉默敦厚的父亲对子女无言的期盼，还是温柔贤淑的母亲对孩子无条件的爱，都让我们充分感受到人间温暖。无论经历风雨泥泞，还是云开日出，无论来自故乡，还是走向远方，亲情都如生命一般绚丽多姿。

朱自清

（1898～1948），原名自华，号秋实，改名自清，字佩弦；原籍浙江绍兴，生于江苏东海；现代著名散文家、诗人、学者、民主战士。其散文朴素缜密、清隽沉郁，以语言洗练、文笔清丽著称，极富有真情实感。著有诗集《踪迹》，散文集《背影》、《你我》、《荷塘月色》、《匆匆》等，都是脍炙人口的名篇。

儿　女

朱自清

我现在已是五个儿女的父亲了。想起圣陶喜欢用的“蜗牛背了壳”的比喻，便觉得不自在。新近一位亲戚嘲笑我说，“要剥层皮呢！”更有些悚然了。十年前刚结婚的时候，在胡适之先生的《藏晖室札记》里，见过一条，说世界上有许多伟大的人物是不结婚的；文中并引培根的话：“有妻子者，其命定矣。”当时确吃了一惊，仿佛梦醒一般；但是家里已是不由分说给娶了媳妇，又有什么可说？现在是一个媳妇，跟着来了五个孩子；两个肩头上，加上这么重一副担子，真不知怎样走才好。“命定”是不用说了；从孩子们那一面说，他们该怎样长大，也正是可以忧虑的事。我是个彻头彻尾自私的人，做丈夫已是勉强，做父亲更是不成。自然，“子孙崇拜”，“儿童本位”的哲理或伦理，我也有些知道；既做着父亲，闭了眼抹杀孩子们的权利，知道是不行的。可惜这只是理论，实际上我是仍旧按照古老的传统，在野蛮地对付着，和普通的父亲一样。近来差不多是中年的人了，才渐渐觉得自己的残酷；想着孩子们受过的体罚和叱责，始终不能辩解——像抚摩着旧创痕那样，我的心酸溜溜的。有一回，读了有岛武郎《与幼小者》的译文，对了那种伟大的，沉挚的态度，我竟流下泪来了。去年父亲来信，问起阿九，那时阿九还在白马湖呢；信上说：“我没有耽误你，你也不要耽误他才好。”我为这句话哭了一场；我为什么不像父亲的仁慈？我不该忘记，父亲怎样待我们来着！人性许真是二元的，我是这样地矛盾；我的心像钟摆似的来去。

你读过鲁迅先生的《幸福的家庭》么？我的便是那一类的“幸福的家庭”！每天午饭和晚饭，就如两次潮水一般。先是孩子们你来他去地在厨房与饭间里查看，一面催我或妻发“开饭”的命令。急促繁碎的脚步，夹着笑和嚷，一阵阵袭来，直到命令发出为止。他们一递一个地跑着喊着，将命令传给厨房里用人；便立刻抢着回来搬凳子。于是这个说：“我坐这儿!”那个说：“大哥不让我!”大哥却说：“小妹打我!”我给他们调解，说好话。但是他们有时候很固执，我有时候也不耐烦，这便用着叱责了；叱责还不行，不由自主地，我的沉重的手掌便到他们身上了。于是哭的哭，坐的坐，局面才算定了。接着可又你要大碗，他要小碗，你说红筷子好，他说黑筷子好；这个要干饭，那个要稀饭，要茶要汤，要鱼要肉，要豆腐，要萝卜；你说他菜多，他说你菜好。妻是照例安慰着他们，但这显然是太迂缓了。我是个暴躁的人，怎么等得及？不用说，用老法子将他们立刻征服了；虽然有哭的，不久也就抹着泪捧起碗了。吃完了，纷纷爬下凳子，桌上是饭粒呀，汤汁呀，骨头呀，渣滓呀，加上纵横的筷子，欹斜的匙子，就如一块花花绿绿的地图模型。吃饭而外，他们的大事便是游戏。游戏时，大的有大主意，小的有小主意，各自坚持不下，于是争执起来；或者大的欺负了小的，或者小的竟欺负了大的，被欺负得哭着嚷着，到我或妻的面前诉苦；我大抵仍旧要用老法子来判断的，但不理的时候也有。最为难的，是争夺玩具的时候：这一个的与那一个的是同样的东西，却偏要那一个的；而那一个便偏不答应。在这种情形之下，不论如何，终于是非哭了不可的。这些事件自然不至于天天全有，但大致总有好些起。我若坐在家里看书或写什么东西，管保一点钟里要分几回心，或站起来一两次的。若是雨天或礼拜日，孩子们在家的多，那么，摊开书竟看不下一行，提起笔也写不出一个字的事，也有过的。我常和妻说："我们家真是成日的千军万马呀！"有时是不但"成日"，连夜里也有兵马在进行着，在有吃乳或生病的孩子的时候！

我结婚那一年，才十九岁。二十一岁，有了阿九；二十三岁，又有了阿菜。那时我正像 匹野马，哪能容忍这些累赘的鞍鞯，辔头，和缰绳？摆脱也知是不行的，但不自觉地时时在摆脱着。现在回想起来，那些日子，真苦了这两个孩子；真是难以宽宥的种种暴行呢！阿九才两岁半的样子，我们住在杭州的学校里。不知怎的，这孩子特别爱哭，又特别怕生人。一不见了母亲，或来了客，就哇哇地哭起来了。学校里住着许多人，我不能让他扰着他们，而客人也总是常有的；我懊恼极了，有一回，特地骗出了妻，关了门，将他按在地下打了一顿。这件事，妻到现在说起来，还觉得有些不忍；她说我的手

太辣了，到底还是两岁半的孩子！我近年常想着那时的光景，也觉黯然。阿菜在台州，那是更小了；才过了周岁，还不大会走路。也是为了缠着母亲的缘故吧，我将她紧紧地按在墙角里，直哭喊了三四分钟；因此生了好几天病。妻说，那时真寒心呢！但我的苦痛也是真的。我曾给圣陶写信，说孩子们的折磨，实在无法奈何；有时竟觉着还是自杀的好。这虽是气愤的话，但这样的心情，确也有过的。后来孩子是多起来了，磨折也磨折得久了，少年的锋棱渐渐地钝起来了；加以增长的年岁增长了理性的裁制力，我能够忍耐了——觉得从前真是一个"不成材的父亲"，如我给另一个朋友信里所说。但我的孩子们在幼小时，确比别人的特别不安静，我至今还觉如此。我想这大约还是由于我们抚育不得法；从前只一味地责备孩子，让他们代我们负起责任，却未免是可耻的残酷了！

正面意义的"幸福"，其实也未尝没有。正如谁所说，小的总是可爱，孩子们的小模样，小心眼儿，确有些教人舍不得的。阿毛现在五个月了，你用手指去拨弄她的下巴，或向她做趣脸，她便会张开没牙的嘴格格地笑，笑得像一朵正开的花。她不愿在屋里待着；待久了，便大声儿嚷。妻常说："姑娘又要出去溜达了。"她说她像鸟儿般，每天总得到外面溜一些时候。闰儿上个月刚过了三岁，笨得很，话还没有学好呢。他只能说三四个字的短语或句子，文法错误，发音模糊，又得费气力说出；我们老是要笑他的。他说"好"字，总变成"小"字；问他"好不好?"他便说"小"，或"不小"。我们常常逗着他说这个字玩儿；他似乎有些觉得，近来偶然也能说出正确的"好"字了——特别在我们故意说成"小"字的时候。他有一只搪瓷碗，是一毛来钱买的；买来时，老妈子教给他："这是一毛钱。"他便记住"一毛"两个字，管那只碗叫"一毛"，有时竟省称为"毛"。这在新来的老妈子，是必需翻译了才懂的。他不好意思，或见着生客时，便咧着嘴痴笑；我们常用了土话，叫他作“呆瓜”。他是个小胖子，短短的腿，走起路来，蹒跚可笑；若快走或跑，便更“好看”了。他有时学我，将两手叠在背后，一摇一摆的；那是他自己和我们都要乐的。他的大姊便是阿菜，已是七岁多了，在小学校里念着书。在饭桌上，一定得啰啰唆唆地报告些同学或他们父母的事情；气喘喘地说着，不管你爱听不爱听。说完了总问我：“爸爸认识么?”“爸爸知道么?”妻常禁止她吃饭时说话，所以她总是问我。她的问题真多：看电影便问电影里的是不是人？是不是真人？怎么不说话？看照相也是一样。不知谁告诉她，兵是要打人的。她回来便问，兵是人么？为什么打人？近来大约听了先生的话，回来又问张作霖的兵是帮谁的？蒋介石的兵是不是帮我们的？诸如此类的问题，每天短不了，常常闹得我不知怎样答才行。她和闰儿在一处玩儿，一大一小，不很合适，老是吵着哭着。但合式的时候也有：譬如这个往床底下躲，那个便钻进去追着；这个钻出来，那个也跟着——从这个床到那个床，只听见笑着，嚷着，喘着，真如妻所说，像小狗似的。现在在京的，便只有这三个孩子；阿九和转儿是去年北来时，让母亲暂时带回扬州去了。

阿九是欢喜书的孩子。他爱看《水浒》、《西游记》、《三侠五义》、《小朋友》等；没有事便捧着书坐着或躺着看。只不欢喜《红楼梦》，说是没有味儿。是的，《红楼梦》的味儿，一个十岁的孩子，哪里能领略呢？去年我们事实上只能带两个孩子来；因为他大些，而转儿是一直跟着祖母的，便在上海将他俩丢下。我清清楚楚记得那分别的一个早上。我领着阿九从二洋泾桥的旅馆出来，送他到母亲和转儿住着的亲戚家去。妻嘱咐说：“买点吃的给他们吧。”我们走过四马路，到一家茶食铺里。阿九说要熏鱼，我给买了；又买了饼干，是给转儿的。便乘电车到海宁路。下车时，看着他的害怕与累赘，很觉恻然。到亲戚家，因为就要回旅馆收拾上船，只说了一两句话便出来；转儿望望我，没说什么，阿九是和祖母说什么去了。我回头看了他们一眼，硬着头皮走了。后来妻告诉我，阿九背地里向她说："我知道爸爸欢喜小妹，不带我上北京去。"其实这是冤枉的。他又曾和我们说："暑假时一定来接我啊！"我们当时答应着；但现在已是第二个暑假了，他们还在迢迢的扬州待着。他们是恨着我们呢？还是惦着我们呢？妻是一年来老放不下这两个，常常独自暗中流泪；但我有什么法子呢！想到"只为家贫成聚散"一句无名的诗，不禁有些凄然。转儿与我较生疏些。但去年离开白马湖时，她也曾用了生硬的扬州话（那时她还没有到过扬州呢）和那特别尖的小嗓子向着我："我要到北京去。"她晓得什么北京，只跟着大孩子们说罢了；但当时听着，现在想着的我，却真是抱歉呢。这兄妹俩离开我，原是常事，离开母亲，虽也有过一回，这回可是太长了；小小的心儿，知道是怎样忍耐那寂寞来着！

我的朋友大概都是爱孩子的。少谷有一回写信责备我，说儿女的吵闹，也是很有趣的，何至可厌到如我所说；他说他真不解。子恺为他家华瞻写的文章，真是"蔼然仁者之言"。圣陶也常常为孩子操心：小学毕业了，到什么中学好呢？——这样的话，他和我说过两三回了。我对他们只有惭愧！可是近来我也渐渐觉着自己的责任。我想，第一该将孩子们团聚起来，其次便该给他们些力量。我亲眼见过一个爱儿女的人，因为不曾好好地教育他们，便将他们荒废了。他并不是溺爱，只是没有耐心去料理他们，他们便不能成材了。我想我若照现在这样下去，孩子们也便危险了。我得计划着，让他们渐渐知道怎样去做人才行。但是要不要他们像我自己呢？这一层，我在白马湖教初中学生时，也曾从师生的立场上问过丏尊，他毫不踌躇地说："自然啰。"近来与平伯谈起教子，他却答得妙："总不希望比自己坏啰。"是的，只要不"比自己坏"就行，"像"不"像"倒是不在乎的。职业，人生观等，还是由他们自己去定的好；自己顶可贵，只要指导，帮助他们去发展自己，便是极贤明的办法。

予同说："我们得让子女在大学毕了业，才算尽了责任。"SK 说："不然，要看我们的经济，他们的材质与志愿；若是中学毕了业，不能或不愿升学，便去做别的事，譬如做工人吧，那也并非不行的。"自然，人的好坏与成败，也不尽靠学校教育；说是非大学毕业不可，也许只是我们的偏见。在这件事上，我现在毫不能有一定的主意；特别是这个变动不居的时代，知道将来怎样？好在孩子们还小，将来的事且等将来吧。目前所能做的，只是培养他们基本的力量——胸襟与眼光；孩子们还是孩子们，自然说不上高的远的，慢慢从近处小处下手便了。这自然也只能先按照我自己的样子："神而明之，存乎其人，"光辉也罢，倒霉也罢，平凡也罢，让他们各尽各的力去。我只希望如我所想的，从此好好地做一回父亲，便自称心满意。——想到那"狂人""救救孩子"的呼声，我怎敢不悚然自勉呢？

一九二八年六月二十四日晚写毕，北京清华园

牵手阅读：

儿女，承载着父母的殷殷希望，为人父母，无不盼望儿女成人成材。儿女如春起之苗，成长过程中需要许多呵护和培育。诸多道理虽然明了，但年纪尚盛时，锋棱凌厉，表达父爱难免显得简单粗疏。随着年岁增长，锋棱渐钝，朱自清的为父之道，在不断地回忆、反思中更加注重儿女胸襟与眼光的培养。这何尝不是父亲的苦心孤诣之处呢？

迟子建

（1964～），女，祖籍山东海阳，生于黑龙江漠河，当代著名作家。代表作有中短篇小说《北极村童话》、《雾月牛栏》、《世界上所有的夜晚》等，长篇小说《额尔古纳河右岸》等，曾获茅盾文学奖、鲁迅文学奖、冰心散文奖、庄重文文学奖、澳大利亚悬念句子文学奖等。

清水洗尘

迟子建

天灶觉得人在年关洗澡跟给死猪煺毛一样没什么区别。猪被刮下粗粝的毛后显露出又白又嫩的皮，而人搓下满身的尘垢后也显得又白又嫩。不同的是猪被分割后成为了人口中的美餐。

礼镇的人把腊月二十七定为放水的日子。所谓“放水”，就是洗澡。而郑家则把放水时烧水和倒水的活儿分配给了天灶。天灶从八岁起就开始承担这个义务，一做就是五年了。

这里的人们每年只洗一回澡，就是在腊月二十七这天。虽然平时妇女和爱洁的小女孩也断不了洗洗刷刷，但只不过是小打小闹地洗。譬如妇女在夏季从田间归来路过水泡子时洗洗脚和腿，而小女孩在洗头发后就着水洗洗脖子和腋窝。所以盛夏时许多光着脊梁的小男孩的脖子和肚皮都黑黢黢的，好像那上面匍匐着黑蝙蝠。

天灶住的屋子被当成了浴室。火墙烧得很热，屋子里的窗帘早早就拉上了。天灶家洗澡的次序是由长至幼，先是老人、父母，最后才是孩子。爷爷未过世时，他是第一个洗澡的人。他洗得飞快，一刻钟就完了，澡盆里的水也不脏，于是天灶便就着那水草草地洗一通。每个人洗澡时都把门关紧，门帘也落下来。天灶洗澡时母亲总要在外面敲着门说："天灶，妈帮你搓搓背吧？"

"不用！"天灶像条鱼一样蜷在水里说。

"你一个人洗不干净！"母亲又说。

"怎么洗不干净。"天灶便用手指撩水，使之发出哗啦哗啦的声响，仿佛在告诉母亲他洗得很卖力。

"你不用害臊。"母亲在门外笑着说，"你就是妈妈生出来的，还怕妈妈看吗？"

天灶便在澡盆中下意识地夹紧了双腿，他红头涨脸地嚷："你老说什么？不用你洗就是不用你洗！"

天灶从未拥有过一盆真正的清水来洗澡。因为他要蹲在灶台前烧水，每个人洗完后的脏水还要由他一桶桶地提出去倒掉，所以他只能见缝插针地就着家人用过的水洗。那种感觉一点也不舒服，纯粹是在应付。而且不管别人洗过的水有多干净，他总是觉得很浊，进了澡盆泡上个十几分钟，随便搓搓就出来了。他也不喜欢父母把他的住屋当成浴室，弄得屋子里空气湿浊，电灯泡上爬满了水珠，他晚上睡觉时感觉是睡在猪圈里。所以今年一过完小年，他就对母亲说："今年洗澡该在天

云的屋子里了。”

天云当时正在叠纸花，她气得一梗脖子说：“为什么要在我的屋子？”

“那为什么年年都非要在我的屋子？”天灶同样气得一梗脖子说。

“你是男孩子！不能弄脏女孩子的屋子！”天云振振有词地说，“而且你比我大好几岁，是哥哥，你还不让着我！”

天灶便不再理论，不过兀自嘟囔了一句：“我讨厌过年！年有个什么过头！”

家人便纷纷笑起来。自从爷爷过世后，奶奶在家中很少笑过，哪怕有些话使全家人笑得像开了的水直沸腾，她也无动于衷，大家都以为她耳朵背了。岂料她听了天灶的话后也使劲地笑了起来，笑得痰直上涌，一阵咳嗽，把假牙都喷出口来了。

天灶确实不喜欢过年。首先他不喜欢过年的那些规矩，焚纸祭祖，磕头拜年，十字路口的白雪被烧纸的人家弄得像一摊摊狗屎一样脏，年仿佛被鬼气笼罩了。其次他不喜欢忙年的过程，人人都累得腰酸背痛，怨声连天。拆被、刷墙、糊灯笼、做新衣、蒸年糕等等，种种的活儿把大人孩子都牵制得像刺猬一样团团转。而且不光要给屋子扫尘，人最后还得为自己洗尘，一家老少在腊月二十七这天因为卖力地搓洗掉一年的风尘而个个都显得面目浮肿，总是使他联想到屠夫用铁刷嚓嚓地给死猪煺毛的情景，内心有种隐隐的恶心。最后，他不喜欢过年时所有人都穿扮一新，新衣裳使人们显得古板可笑、拘谨做作。如果穿新衣服的人站成了一排，就很容易使天灶联想起城里布店里竖着的一匹匹僵直的布。而且天灶不能容忍过年非要在半夜过，那时他又困又乏，毫无食欲，可却要强打精神起来吃团圆饺子，他烦透了。他不止一次地想，若是他手中有了至高无上的权力，第一项就要修改过年的时间。

奶奶第一个洗完了澡。天灶的母亲扶着颤颤巍巍的她出来了。天灶看见奶奶稀疏的白发湿漉漉地垂在肩头，下垂的眼袋使突兀的颧骨有一种要脱落的感觉。而且她脸上的褐色老年斑被热气熏炙得愈发浓重，仿佛雷雨前天空中沉浮的乌云。天灶觉得洗澡后的奶奶显得格外臃肿，像只烂蘑菇一样让人看不得。他不知道人老后是否都是这副样子。奶奶吁吁地喘着粗气经过灶房回她的屋子，她见了天灶就说："你烧的水真热乎，洗得奶奶这个舒服，一年的乏算是全解了。你就着奶奶的水洗洗吧。"

母亲也说："奶奶一年也不出门，身上灰不大，那水还干净着呢。"

天灶并未搭话，他只是把柴火续了续，然后提着脏水桶进了自己的屋子。湿浊的热气在屋子里像癞皮狗一样东游西窜着，电灯泡上果然浮着一层鱼卵般的水珠。天灶吃力地搬起大澡盆，把水倒进脏水桶里，然后抹了抹额上的汗，提起桶出去倒水。路过灶房的时候，他发现奶奶还没有回屋，她见天灶提着满桶的水出来了，就张大了嘴，眼睛里现出格外凄凉的表情。

"你嫌奶奶——"她失神地说。

天灶什么也没说，他拉开门出去了。外面又黑又冷，他摇摇晃晃地提着水来到大门外的排水沟前。冬季时那里隆起了一个肮脏的大冰湖，许多男孩子都喜欢在冰湖下抽陀螺玩，他们叫它"冰嘎"。他们抽得很卖力，常常是把鼻涕都抽出来了。他们不仅白天玩，晚上有时月亮明得让人在屋子里待不住，他们便穿上厚棉袄出来抽陀螺，深冬的夜晚就不时传来"啪——啪——"的声音。

天灶看见冰湖下的雪地里有个矮矮的人影，他躬着身，似

乎在寻找什么，手中夹着的烟头一明一灭的。

“天灶——”那人直起身说，“出来倒水啦?”

天灶听出是前趟房的同班同学肖大伟，便一边吃力地将脏水桶往冰湖上提，一边问：“你在这干什么?”

“天快黑时我抽冰嘎，把它抽飞了，怎么也找不到。”肖大伟说。

“你不打个手电，怎么能找着?”天灶说着把脏水哗地从冰湖的尖顶当头浇下。

“这股洗澡水的味儿真难闻。”肖大伟大声说，“肯定是你奶奶洗的!”

“是又怎么样?”天灶说，“你爷爷洗出的味儿可能还不如这好闻呢!”

肖大伟的爷爷瘫痪多年，屎尿都得要人来把，肖大伟的妈妈已经把一头乌发侍候成了白发，声言不想再当孝顺儿媳了，要离开肖家。肖大伟的爸爸就用肖大伟抽陀螺的皮鞭把老婆打得身上血痕纵横，弄得全礼镇的人都知道了。

“你今年就着谁的水洗澡?”肖大伟果然被激怒了，他挑衅地说，“我家年年都是我头一个洗，每回都是自己用一盆清水!”

“我自己也用一盆清水!”天灶理直气壮地说。

“别吹牛了!”肖大伟说，“你家年年放水时都得你烧水，你总是就着别人的脏水洗，谁不知道呢?”

“我告诉你爸爸你抽烟了!”天灶不知该如何还击了。

“我用烟头的亮儿找冰嘎，又不是学坏，你就是告诉他也没用!”

天灶只能万分恼火地提着脏水桶往回走，走出很远的时候，他又回头冲肖大伟喊道：“今年我用清水洗!”

天灶说完抬头望了一下天，觉得那迤逦的银河唰地亮了一层，仿佛是清冽的河水要倾盆而下，为他除去积郁在心头的怨愤。

奶奶的屋子传来了哭声，那苍老的哭声就像山洞的滴水声一样滞浊。

天灶拉开锅盖，一舀舀地把热水往大澡盆里倾倒。这时天灶的父亲过来了，他说："看你，把奶奶惹伤心了。"

天灶没说什么，他往热水里又兑了一些凉水。他用手指试了试水温，觉得若是父亲洗恰到好处，他喜欢凉一些的；若是天云或者母亲洗就得再加些热水。

"该谁了？"天灶问。

"我先洗吧。"父亲说，"你妈妈得陪奶奶一会儿。"

这时天云忽然从她的房间冲了出来，她只穿件蓝花背心，露出两条浑圆的胳膊，披散着头发，像个小海妖。她眼睛亮亮地说："我先洗！"父亲说："我洗得快。"

"我把辫子都解开了。"天云左右摇晃着脑袋，那发丝就像鸽子的翅膀一样起伏着，她颇为认真地对父亲说，"以后我得在你前面洗，你要是先洗了，我再用你用过的澡盆，万一怀上个孩子怎么办？算谁的？"

父亲笑得把一口痰给喷了出来，而天灶则笑得撇下了水瓢。天云嘟着丰满的小嘴，脸红得像炉膛里的火。

"谁告诉你用了爸爸洗过澡的盆，就会怀小孩子？"父亲依然呵呵地笑着问。

"别人告诉我的，你就别问了。"天云开始指手画脚地吩咐天灶，"我要先洗头，给我舀上一脸盆的温水，我还要用妈妈使的那种带香味的蓝色洗头膏！"

天云无忌的话已使天灶先前沉闷的心情为之一朗，因而他很乐意地为妹妹服务。他拿来脸盆，刚要往里舀水，天云跺了下脚一迭声地说："不行不行！这么埋汰的盆，要给我刷干净了才能洗头！”

“挺干净的嘛。”父亲打趣天云。

“你们看看呀？盆沿儿那一圈油泥，跟‘蛇寡妇’的大黑眼圈一样明显，还说干净呢！”天云梗着脖子一脸不屑地说。

蛇寡妇姓程，只因她喜欢跟镇子里的男人眉来眼去的，女人背地说她是毒蛇变的，久而久之就把她叫成了蛇寡妇。蛇寡妇没有子嗣，自在得很，每日都起得很迟，眼圈总是青着，让人不明白她把觉都睡到哪里了。她走路时习惯用手掐着腰。她喜欢镇子里的小女孩，女孩们常到蛇寡妇家翻腾她的箱底，把她年轻时用过的一些头饰都用甜言蜜语泡走了。

“我明白了——”天云的父亲说，“是蛇寡妇跟你说怀小孩子的事，这个骚婆子！”

“你怎么张口就骂人呢？”天云说，“真是！”天灶打算用肥皂除掉污垢，可天云说用碱面更合适，天灶只好去碗柜中取碱面。他不由得对妹妹说：“洗个头还这么啰唆，不就几根黄毛吗？”

“你才是黄毛呢。”天云顺手抓起几粒黄豆朝天灶撇去，说，“每年只过一回年，我不把头洗得清清亮亮的，怎么扎新的头绫子？”

他们在灶房斗嘴嬉笑的时候，哭声仍然微风般地从奶奶的屋里传出。

天云说：“奶奶哭什么？”

父亲看了一眼天灶，说：“都是你哥哥，不用奶奶的洗澡水，惹她伤心了。这个年她恐怕不会有好心情了。”

“那她还会给我压岁钱吗？”天云说，“要是没有了压岁钱，我就把天灶的课本全撕了，让他做不成寒假作业，开学时老师训他！”

天云与天灶一团和气时称他为“哥哥”，而天灶稍有一点使她不开心了，她就直呼其名。

天灶刷干净了脸盆，说："你敢把我的课本撕了，我就敢把你的新头绫子铰碎了，让你没法扎黄毛小辫！"

天云咬牙切齿地说："你敢！"

天灶一边往脸盆哗哗地舀水，一边说："你看我敢不敢！"

天云只能半是撒娇半是委屈地噙着泪花对父亲说："爸爸呀，你看看天灶——"

"他敢！"父亲举起了一只巴掌，在天灶面前比画了一下，说，"到时我揍出他的屁来！"

天灶把脸盆和澡盆一一搬进自己的小屋。天云又声称自己要冲两遍头，让天灶再准备两盆清水。她又嫌窗帘拉得不严实，别人要是看见了怎么办。天灶只好把窗帘拉得更加密不透光，又像仆人一样恭恭敬敬地为她送上毛巾、木梳、拖鞋、洗头膏和香皂。天云这才像个女皇一样款款走进浴室，她闩上了门。隔了大约三分钟，从里面便传出了撩水的声音。

父亲到仓棚里去找那对红色塑料宫灯去了，它们被闲置了一年，肯定灰尘累累，家人都喜欢用天云洗过澡的水来擦拭宫灯，好像天云与鲜艳和光明有着密不可分的联系似的。

天灶把锅里的水填满，然后又续了一把柴火，就悄悄离开灶台，去奶奶的屋门前偷听她絮叨些什么。

奶奶边哭边说："当年全村的人数我最干净，谁不知道呀？我要是进了河里洗澡，鱼都躲得远远的，鱼天天待在水里，它们都知道身上没有我白，没有我干净……"

天灶忍不住捂着嘴偷偷乐了。

母亲顺水推舟地说："天灶这孩子不懂事，妈别跟他一般见识。妈的干净咱礼镇的人谁不知道？妈下的大酱左邻右舍的人都爱来要着吃，除了味儿跟别人家的不一样外，还不是因为干净！"

奶奶微妙地笑了一声，然后依然带着哭腔说："我的头发从来没有生过虱子，胳肢窝也没有臭味。我的脚趾盖里也不藏泥，我洗过澡的水，都能用来养牡丹花!"

奶奶的这个推理未免太大胆了些，所以母亲也忍不住扑哧一声乐了。天灶更是忍俊不禁，连忙疾步跑回灶台前，蹲下来对着熊熊的火焰哈哈地笑起来。这时父亲带着一身寒气提着两盏陈旧的宫灯进来了，他弄得满面灰尘，而且冻出了两截与年龄不相称的清鼻涕，这使他看上去像个捡破烂儿的。他见天灶笑，就问："你偷着乐什么?"

天灶便把听到的话小声地学给父亲。

父亲放下宫灯笑了，说："这个老小孩!"

锅里的水被火焰煎熬得吱吱直响，好像锅灶是炎夏，而锅里闷着一群知了，它们在不停地叫嚷"热死了，热死了"。火焰把天灶烤得脸颊发烫，他就跑到灶房的窗前，将脸颊贴在蒙有白霜的玻璃上。天灶先是觉得一股寒冷像针一样深深地刺痛了他，接着就觉得半面脸发麻，当他挪开脸颊时，一块半月形的玻璃本色就赫然显露出来。天灶擦了擦湿漉漉的脸颊，透过那块霜雪消尽的玻璃朝外面望去。院子里黑魆魆的，什么都无法看清，只有天上的星星才现出微弱的光芒。天灶叹了一口气，很失落地收回目光，转身去看灶坑里的火。他刚蹲下身，灶房的门突然开了，一股寒气背后站着一个穿绿色软缎棉袄的女人，她黑着眼圈大声问天灶："放水呢?"

天灶见是蛇寡妇，就有些爱理不睬地哼了一声。

"你爸呢?"蛇寡妇把双手从袄袖中抽出来，顺手把一缕鼻涕擤下来抹在自己的鞋帮上，这让天灶很作呕。

天灶的爸爸已经闻声过来了。

蛇寡妇说："大哥，帮我个忙吧。你看我把洗澡水都烧好了，可是澡盆坏了，倒上水哗哗直漏。"

“澡盆怎么漏了?”父亲问。

“还不是秋天时收饭豆，把豆子晒干了放在大澡盆里去皮，那皮又干又脆，把手都扒出血痕了，我就用一根松木棒去捶豆子，没成想把盆给捶漏了，当时也不知道。”

天灶的妈妈也过来了，她见了蛇寡妇很意外地“哦”了一声，然后淡淡打声招呼：“来了啊?”

蛇寡妇也淡淡地应了一声，然后从袖口抽出一根桃红色的缎子头绳，说：“给天云的!”

天灶见父母都不接那头绳，自己也不好去接。蛇寡妇就把头绳放在水缸盖上，使那口水缸看上去就像是陪嫁，喜气洋洋的。

“天云呢?”蛇寡妇问。

“正洗着呢。”母亲说。

“你家有没有锡?”父亲问。

未等蛇寡妇作答，天灶的母亲警觉地问：“要锡干什么?”

“我家的澡盆漏了，求天灶他爸给补补。”蛇寡妇先回答女主人的话，然后才对男主人说：“没锡。”

“那就没法补了。”父亲顺水推舟地说。

“随便用脸盆洗洗吧。”天灶的母亲说。

蛇寡妇睁大了眼睛，一抖肩膀说：“那可不行，一年才过一回年，不能将就。”她的话与天云的如出一辙。

“没锡我也没办法。”天云的父亲皱了皱眉头，然后说，“要不用油毡纸试试吧。你回家撕一块油毡纸，把它用火点着，将滴下来的油弄在漏水的地方，抹均匀了，凉透后也许就能把漏的地方堵住。”

“还是你帮我弄吧。”蛇寡妇在男人面前永远是一副天真表情，“我听都听不明白——”

天灶的父亲看了一眼自己的女人，其实他也用不着看，因为不管她脸上是赞同还是反对，她的心里肯定是一万个不乐意。但当大家把目光集中到她身上，需要她作出决断时，她还是故作大度地说：“那你就去吧。”

蛇寡妇说了声“谢了”，然后就抄起袖子，走在头里。天灶的父亲只能紧随其后，他关上家门前回头看了一眼老婆，得到的是一个不折不扣的白眼和她随之吐出的一口痰，那道白眼和痰组成了一个醒目的惊叹号，使天灶的父亲在迈出门槛后战战兢兢的。他在寒风中行走的时候一再提醒自己要快去快回，绝不能喝蛇寡妇的茶，也不能抽她的烟，他要在唇间指缝纯洁地葆有他离开家门时的气息。

“天云真够讨厌的。”蛇寡妇一走，母亲就开始心烦意乱了，她拿着面盆去发面，却忘了放酵母，“都是她把蛇寡妇招来的。”

“谁叫你让爸爸去的。”天灶故意刺激母亲，“没准她会炒俩菜和爸爸喝一盅！”

“他敢！”母亲厉声说，“那样他回来我就不帮他搓背了！”

“他自己也能搓，他都这么大的人了，你还年年帮他搓背。”天灶咦了一声。母亲的脸便唰地红了，她抢白了天灶一句：“好好烧你的水吧，大人的事不要多嘴。”

天灶便不多嘴了，但灶坑里的炉火是多嘴的，它们用金黄色的小舌头贪馋地舔着乌黑的锅底，把锅里的水吵得吱吱直叫。炉火的映照和水蒸气的熏炙使天灶有种昏昏欲睡的感觉，他不由得蹲在锅灶前打起了盹。然而没有多一会儿，天云便用一只湿手把他搡醒了。天灶睁眼一看，天云已经洗完了澡，她脸蛋通红，头发湿漉漉地披散着，穿上了新的线衣线裤，一股香气从她身上横溢而出，她叫道：“我洗完了！”

天灶揉了一下眼睛，恹恹无力地说：“洗完了就完了呗，神气什么。”

“你就着我的水洗吧。”天云说。

“我才不呢。”天灶说，“你跟条大臭鱼一样，你用过的水有邪味儿!”

天灶的母亲刚好把发好的面团放到热炕上转身出来，天云就带着哭腔对母亲说：“妈妈呀，你看天灶呀，他说我是条大臭鱼!”

“他再敢说我就缝他的嘴!”母亲说着，示威性地做了个挑针的动作。

天灶知道父母在他与天云斗嘴时，永远会偏袒天云，他已习以为常，所以并不气恼，而是提着两盏灯笼进“浴室”除灰，这时他听见天云在灶房惊喜地叫道：“水缸盖上头绫子是给我的吧？真漂亮呀!”

那对灯笼是硬塑的，由于用了好些年，塑料有些老化萎缩，使它们看上去并不圆圆满满。而且它的红颜色显旧，中圈被光密集照射的地方已经泛白，看不出任何喜气了。所以点灯笼时要在里面安上两个红灯泡，否则它们可能泛出的是与除夕气氛相悖的青白的光。天灶一边刷灯笼一边想着有关过年的繁文缛节，便不免有些气恼，他不由得大声对自己说：“过年有个什么意思!”回答他的是扑面而来的洋溢在屋里的湿浊的气息，于是他恼上加恼，又大声对自己说：“我要把年挪到六月份，人人都可以去河里洗澡!”

天灶刷完了灯笼，然后把脏水一桶桶地提到外面倒掉。冰湖那已经没有肖大伟的影子了，不知他的冰嘎是否找到了。夜色已深，星星因黑暗的加剧而显得气息奄奄，微弱的光芒宛如一个人在弥留之际细若游丝的气息。天灶望了一眼天，便不想再看了。因为他觉得这些星星被强大的黑暗给欺负得噤若寒蝉，一派凄凉，无边的寒冷也催促他尽快走回户内。

父亲还没有回来，母亲脸上的神色就有些焦虑。该轮到她洗澡了，天灶为她冲洗干净了澡盆，然后将热水倾倒进去。母亲木讷地看着澡盆上微微旋起的热气，好像在无奈地等待一条美人鱼突然从中跳出来。

天灶提醒她："妈妈，水都好了！"

母亲"哦"了一声，叹了口气说："你爸爸怎么还不回来？要不你去蛇寡妇家看看？"

天灶故作糊涂地说："我不去，爸爸是个大人又丢不了，再说我还得烧水呢，要去你去。"

"我才不去呢。"母亲说，"蛇寡妇没什么了不起。"说完，她仿佛陡然恢复了自信，提高声调说："当初我跟你爸爸好的时候，有个老师追我，我都没答应，就一门心思地看上你爸爸了，他不就是个泥瓦匠嘛。"

"谁让你不跟那个老师呢？"天灶激将母亲，"那样的话我在家里上学就行了。"

"要是我跟了那老师，就不会有你了！"母亲终于抑制不住地笑了，"我得洗澡了，一会儿水该凉了。"

天云在自己的小屋里一身清爽地摆弄新衣裳，天灶听见她在唱："小狗狗伸出小舌头，够我手里的小画书。小画书上也有个小狗狗，它趴在太阳底下睡觉觉。"

天云喜欢自己编儿歌，高兴时那儿歌的内容一派温情，生气时则充满火药味。比如有一回她用鸡毛掸子拂掉了一只花瓶，把它摔碎了，母亲说了她，她不服气，回到自己的屋子就编儿歌："鸡毛掸是个大灰狼，花瓶是个小羊羔。我饿了三天三夜没吃饭，见了你怎么能放过！"言下之意，花瓶这个小羊羔是该吃的，谁让它自己不会长脚跑掉呢。家人听了都笑，觉得真不该用一只花瓶来让她受委屈，于是就说："那花瓶也是该打，都旧成那样了，留着也没人看！"天云便破涕为笑了。

天灶又往锅里添满了水，他将火炭拨了拨，拨起一片金黄色的火星，像蒲公英一样地飞，然后他放进两块比较粗的松木杆。这时奶奶蹒跚着从屋里出来了，她的湿头发已经干了，但仍然垂在肩头，没有盘起来，这使她看上去很难看。奶奶体态臃肿，眼袋松松垂着，平日它们像两颗青葡萄，而今日因为哭过的缘故，眼袋就像一对红色的灯笼花，那些老年斑则像陈年落叶一样匍匐在脸上。天灶想告诉奶奶，只有又黑又密的头发才适合披着，斑白稀少的头发若是长短不一地披下来，就会给人一种白痴的感觉。可他不想再惹奶奶伤心了，所以马上垂下头来烧水。

“天灶——”奶奶带着悲愤的腔调说，“你就那么嫌弃我？我用过的水你把它泼了，我站在你跟前你都不多看一眼？”

天灶没有搭腔，也没有抬头。

“你是不想让奶奶过这个年了？”奶奶的声音越来越悲凉了。

“没有。”天灶说，“我只想用清水洗澡，不用别人用过的水。天云的我也没用。”天灶垂头说着。

“天云的水是用来刷灯笼的！”奶奶很孩子气地分辩说。

“一会儿妈妈用过的水我也不用。”天灶强调说。

“那你爸爸的呢？”奶奶不依不饶地问。

“不用！”天灶斩钉截铁地说。

奶奶这才有些和颜悦色地说：“天灶啊，人都有老的时候，别看你现在是个孩子，细皮嫩肉的，早晚有一天会跟奶奶一样皮松肉散，你说是不是？”

天灶为了让奶奶快些离开，所以抬头看了一眼她，干脆地答道：“是！”

“我像你这么大时，比你水灵着呢。”奶奶说，“就跟开春时最早从地里冒出的羊角葱一样嫩！”

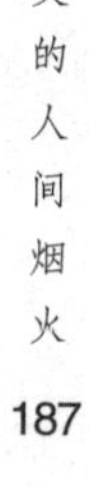

“我相信!”天灶说，“我年纪大时肯定还不如奶奶呢，还不得腰弯得头都快着地，满脸长着癞?”

奶奶先是笑了两声，后来大约意识到孙子为自己规划的远景太黯淡了，所以就说：“癞是狗长的，人怎么能长癞呢?就是长癞，也是那些丧良心的人才会长。你知道人总有老的时候就行了，不许胡咒自己。”

天灶说：“哎——”

奶奶又絮絮叨叨地询问灯笼刷得干不干净，该炒的黄豆泡上了没有。然后她用手抚了一下水缸盖，嫌那上面的油泥还待在原处，便责备家里的人好吃懒做，哪有点过年的气氛。随之她又唠叨她青春时代的年是如何过的，总之是既洁净又富贵。最后说得嘴干了，她这才唉声叹气地回屋了。天灶听见奶奶在屋子里不断咳嗽着，便知她要睡觉了。她每晚临睡前总要清理一下肺腔，透彻地咳嗽一番，这才会平心静气地睡去。果然，咳嗽声一止息，奶奶屋子的灯光随之消失了。

天灶便长长地吁了口气。

母亲历年洗澡都洗得很漫长，起码要一个钟头，说是要泡透了，才能把身上的灰全部搓掉。然而今年她了洗了半个小时就出来了。她见到天灶便急切地问：“你爸还没回来?”

“没。”天灶说。

“去了这么长时间，”母亲忧戚地说，“十个澡盆都补好了。”

天灶提起脏水桶正打算把母亲用过的水倒掉，母亲说：“你爸还没回来，我今年洗的时间又短，你就着妈妈的水洗吧。”

天灶坚决地说：“不!”

母亲有些意外地看了眼天灶，然后说：“那我就着水先洗两件衣裳，这么好的水倒掉可惜了。”

母亲就提着两件脏衣服去洗了。天灶听见衣服在洗衣板上被激烈地揉搓的声音，就像饿极了的猪吞食一样。天灶想，如果父亲不及时赶回家中，这两件衣服非要被洗碎不可。

然而这两件衣服并不红颜薄命，就在洗衣声变得有些凄厉的时候，父亲一身寒气地推门而至了。他神色慌张，脸上印满黑灰，像是京剧中老生的脸谱。

“该到我了吧？”他问天灶。

天灶“嗯”了一声。这时母亲手上沾满肥皂泡从里面出来，她看了一眼自己的男人，眼眉一挑，说：“哟，修了这么长时间，还修了一脸的灰，那漏儿堵上了吧？”

“堵上了。”父亲张口结舌地说。

“堵得好？”母亲从牙缝中迸出三个字。

“好。”父亲茫然答道。

母亲“哼”了一声，父亲便连忙红着脸补充说：“是澡盆的漏儿堵得好。”

“她没赏你一盆水洗洗脸？”母亲依然冷嘲热讽着。

父亲用手抹了一下脸，岂料手上的黑灰比脸上的还多，这一抹使脸更加花哨了。他十分委屈地说：“我只帮她干活，没喝她一口水，没抽她一根烟，连脸都没敢在她家洗。”

“哟，够顾家的。”母亲说，“你这一脸的灰怎么弄的？钻她家的炕洞了吧？”

父亲就像一个做错了事的孩子似的仍然站在原处，他毕恭毕敬的，好像面对的不是妻子，而是长辈。他说：“我一进她家，就被烟呛得直淌眼泪。她也够可怜的了，都三年了没打过火墙。火是得天天烧，你想那灰还不全挂在烟洞里？一烧火炉子就往外出燎烟，什么人受得了？难怪她天天黑着眼圈。我帮她补好澡盆，想着她一个寡妇这么过年太可怜，就帮她掏了掏火墙。”

“火墙热着你就敢掏?”母亲不信地问。

“所以说只打了三块砖，只掏一点灰，烟道就畅了。先让她将就过个年，等开春时再帮她彻底掏一回。”父亲傻里傻气地如实相告。

“她可真有福。”母亲故作笑容说，“不花钱就能请小工。”

母亲说完就唤天灶把水倒了，她的衣裳洗完了。天灶便提着脏水桶，绕过仍然惶惶不安的父亲去倒脏水。等他回来时，父亲已经把脸上的黑灰洗掉了。脸盆里的水仿佛被乌贼鱼给搅扰了个尽兴，一派墨色。母亲觑了一眼，说：“这水让天灶带到学校刷黑板吧。”

父亲说：“看你，别这么说不行吗?我不过是帮她干点活。”

“我又没说你不能帮她干活。”母亲显然是醋意大发了，“你就是住过去我也没意见。”

父亲不再说什么，因为说什么也无济于事了。天灶连忙为他准备洗澡水。天灶想父亲一旦进屋洗澡了，母亲的牢骚就会止息，父亲的尴尬才能解除。果然，当一盆温热而清爽的洗澡水摆在天灶的屋子里时，母亲提着两件洗好的衣裳抽身而出。父亲在关上门的一瞬小声问自己女人：“一会儿帮我搓搓背吧?”

“自己凑合着搓吧。”母亲仍然怨气冲天地说。

天灶不由暗自笑了，他想父亲真是可怜，不过帮蛇寡妇多干了一样活，回来就一副低眉顺眼的样子。往年母亲都要在父亲洗澡时进去一刻，帮他搓搓背，看来今年这个享受要像艳阳天一样离父亲而去了。

天灶把锅里的水再次添满，然后又饶有兴致地往灶坑里添柴。这时母亲走来过问他：“还烧水做什么?”

“给我自己用。”

“你不用你爸爸的水？”

“我要用清水。”天灶强调说。

母亲没再说什么，她进了天云的屋子了。天灶没有听见天云的声音，以往母亲一进她的屋子，她就像盛夏水边的青蛙一样叫个不休。天云屋子的灯突然被关掉了，天灶正诧异着，母亲出来了，她说：“天云真是的，手中拿着头绫子就睡着了。被子只盖在腿上，肚脐都露着，要是夜里着凉拉肚子怎么办？灯也忘了关，要过年把她给兴过头了，兴得都乏了……”

天灶笑了，他拨了拨柴火，再次重温金色的火星飞舞的辉煌情景。在他看来，灶坑就是一个永无白昼的夜空，而火星则是满天的繁星。这个星空带给人的永远是温暖的感觉。

锅里的水开始热情洋溢地唱歌了。柴火也烧得毕剥有声。母亲回到她与天灶父亲所住的屋子，她在叠前日洗好晾干的衣服。然而她显得心神不定，每隔几分钟就要从屋门探出头来问天灶：“什么响？”

“没什么响。”天灶说。

“可我听见动静了。”母亲说，“不是你爸爸在叫我吧？”

“不是。”天灶如实说。

母亲便有些泄气地收回头。然而没过多久她又探出头问：“什么响？”而且手里提着她上次探头时叠着的衣裳。

天灶明白母亲的心思了，他说：“是爸爸在叫你。”

“他叫我？”母亲眼睛亮了一下，继而又摇了一下头说，“我才不去呢。”

“他一个人没法搓背。”天灶知道母亲等待他的鼓励，“到时他会一天就把新背心穿脏了。”

母亲嘟囔了一句“真是前世欠他的”，然后甜蜜地叹口气，丢下衣服进了“浴室”。天灶先是听见母亲的一阵埋怨声，接着便是由冷转暖的嗔怪，最后则是低低的软语了，后来软语也消去，只有清脆的撩水声传来，这种声音非常动听，使天灶的内心有一种发痒的感觉。天灶脸颊发烫，火光再次使他有种昏昏欲睡的感觉，他就势把一块木板垫在屁股底下，抱着头打起盹来。他在要进入梦乡的时候听见自己的清水在锅里引吭高歌，而他的脑海中则浮现着粉红色的云霓。天灶不知不觉睡着了。他在梦中看见了一条金光灿灿的龙，它在银河畔洗浴。这条龙很调皮，它常常用尾去拍银河的水，溅起一阵灿烂的水花。后来这龙大约把尾拍在了天灶的头上，他觉得头疼，当他睁开眼睛时，发觉自己磕在了灶台上。锅里的水早已沸了，水蒸气袅袅弥漫着。父母还没有出来，天灶不明白搓个背怎么会花这么长时间。他刚要起身去催促一下，突然发现一股极细的水流悄无声息地朝他蛇形游来。他寻着它逆流而上，发现它的源头在“浴室”。有一种温柔的呢喃声细雨一样隐约传来。父母一定是同在澡盆中，才会使水膨胀而外溢。水依然汩汩顺着门缝宁静地流着，天灶听见了搅水的声音，同时也听到了铁质澡盆被碰撞后间或发出的震颤声，天灶便红了脸，连忙穿上棉袄推开门到户外去望天。

夜深深的了。头顶的星星离他仿佛越来越远了。天灶大口大口地呼吸着寒冷的空气，因为他怕体内不断升腾的热气会把他烧焦。他很想哼一首儿歌，可他一首歌词也回忆不起来，又没有天云那样的禀赋可以随意编词。天灶便哼儿歌的旋律，一边哼一边在院子中旋转着，寂静的夜使旋律变得格外动人，真仿佛是天籁之音环绕着他。天灶突然间被自己感动了，他从来没有体会过自己的声音是如此美妙。他为此几乎要落泪了。这时屋门吱扭一声响了，跟着响起的是母亲喜悦的声音：“天灶，该你洗了！”

天灶发现父母面色红润，他们的眼神既幸福又羞怯，好像猫刚刚偷吃了美食，有些愧对主人一样。他们不敢看天灶，只是很殷勤地帮助天灶把脏水倒了，然后又清洗干净了澡盆，把清水一瓢瓢地倾倒在澡盆中。

天灶关上屋门，他脱光了衣服之后，把灯关掉了。他蹑手蹑脚地赤脚走到窗前，轻轻拉开窗帘，然后反身慢慢地进入澡盆。他先进入双足，热水使他激灵了一下，但他很快适应了，他随之慢慢地屈腿坐下，感受着清水在他的胸腹间柔曼地滑过的温存滋味。天灶的头搭在澡盆上方，他能看见窗外的隆隆夜色，能看见这夜色中经久不息的星星。他感觉那星星已经穿过茫茫黑暗飞进他的窗口，落入澡盆中，就像课文中所学过的淡黄色的皂角花一样散发着清香气息，预备着为他除去一年的风尘。天灶觉得这盆清水真是好极了，他从未有过如此的舒展和畅快。他不再讨厌即将朝他走来的年了，他想除夕夜的时候，他一定要穿着崭新的衣裳，亲手点亮那对红灯笼。还有，再见到肖大伟的时候，他要告诉肖大伟，他天灶是用清水洗的澡，而且，星光还特意化成皂角花撒落在了他的那盆清水中了呢。

（原载《青年文学》1998 年第 8 期）

牵手阅读：

作者采用天灶这一儿童视角叙事，小说因此呈现出一种十分纯净的艺术基调，天灶的童年心理得到了细腻的展示。这不仅使天灶的形象呼之欲出，而且给小说带来了浓浓的生活情调和不可多得的童趣。

表面上看，作家只是讲了一个孩子固执地要用清水洗浴的单纯琐碎的故事，但却让读者从中品味出一种令人回味无穷的魅力。其秘诀在于，作者集中笔墨开掘了人物内心世界的细微隐秘，着力于表现最真纯的人性之美，即对文明与美的渴求，

对诗意、纯净生活的追寻。作品如实地描述天灶的感情流程，仿佛天籁，自然宁馨，像生活本身那样质朴。

纯净婉约的诗意话语，营造出撩拨人心的人性善与美的情调氛围，如行云流水，贴切自然，小说中许多不经意的语言使我们感到奇特而优美。在作家所构筑的艺术天地之中，有一条永远流淌着的温暖的情意绵绵的河流，这河貌似平淡，并不张扬喧哗，但却内蕴丰厚，从中所荡漾出的人性的力量会让每一个读者感动和回味不已。

马金莲

（1982～），回族，宁夏西吉人，当代女作家。代表作有《掌灯猴》、《父亲的雪》、《老人与窑》、《永远的农事》、《赛麦的院子》等，曾获少数民族创作新秀奖、宁夏文艺评奖等。

父亲的雪

马金莲

记忆里那可能是世界上最大的一场雪。

雪花变换着姿态在半空肆意舞蹈，舞出世上最好看最难模仿的舞姿，然后，无声无息地落到地面上。路旁的白杨树肯定在我们不留意的时候，将身子一再蜷缩，打出一个个无声的寒战。在大冷的寒冬，它们才是最贫穷的，连件御寒的衣衫也没有。那些葱绿了一个夏天的叶片，一到冬天就纷纷逃离枝头、叛离树身。大树没有长腿，无法走路，也就无法躲到可以避寒的地方。在漫天的落雪里，道旁的白杨尤其显得孤零和苦寒，它们的身影，使得漫天的风雪显得更无情更寒冷了。

人们，一年四季忙活的农人们，趁着这场大雪能歇缓几天了。在严冬里，焐在土炕上歇息，真的是一件最最舒服最最幸福的事。一年三百六十五天，我们这里的人连一天也不能闲下来。春天耕种，乏牛乏驴在鞭子驱赶下把每一个山头山洼山脊梁儿走遍。它们身后拖着沉重的犁铧，跟着扶犁的男人。男人后面，是衣衫褴褛的女人，女人小心地把各色种子撒进身下的土地。她们总是趁人不备，将粮食塞进自己的大口。她们饥饿的大口，简直要把盛粮食的木升子吞下去。大家的眼睛是贪婪的，更是饥饿的。队长对这些情况了如指掌，却是大伤脑筋，甚至伤透了脑筋。各种各样的，人的脑子能想出来的法子都用上了，还是无法有效制止大伙偷咽种子的举动。在众多方法里，最毒辣的一招，是把人的尿水拌在种子里。队长将他家一夜的尿水接在一个大木桶里，晨色朦胧中，将那桶尿水当着大伙的面哗地倒进粮食里，搅拌几下，才开始种。黄乎乎的尿水，看得人直泛恶心。大家暗暗咒骂队长那个肥婆娘，这么骇人的主意，除了他那个婆娘，谁还想得出来呢？然而，耕种一会儿，日头冒花子的时节，肠胃终于禁不住粮食的诱惑了，有人悄悄把粮食捂进嘴里，忍着恶心吞下去。撒种的女人一个个这样干了。大家干脆放开了，粗糙的手掌将粮食狠命搓搓，似乎这样就干净了，没有尿臊味了。大家同时议论几句队长的肥婆娘，那个让大家尝她尿水的女人，这会子肯定在吃早饭。她干的当然是最轻的活计，在伙房当炊事员。队上最轻省最有油水的活计就是队长、保管员、饲养员、炊事员。

本来我母亲还准备在王家多坐些日子，她想等我和哥哥稍微大一些了再走。她的三个娃娃确实太小，大姐十一岁，哥哥八岁，我是她生在王家的最小的女儿，刚好五岁。我五岁的这个年头，母亲还在王家塬劳动。偷吃拌有尿水的粮食的女人群里就有我的母亲，那个高个子、显得单瘦的女人。母亲是个喜欢热闹的女人，她的嘴一刻也不愿意停止，总是在说话，和女人们说各种各样的要话。没有了男人，母亲还是爱说爱笑的样子，本性一点没改。女人中就有人议论，说这个女人肚量大得很，惊人哩，离了男人日子还在往下过，咋就没见她垮下来？

日子当然得往下过。母亲回绝了那些不断上门的媒婆，她说不跟人了，这辈子不出王家的门了，守着娃娃过呢。

母亲没有守住她的诺言，很快就跟人了，并且离开了王家崾。

种完麦子种豌豆，然后种胡麻莜麦燕麦洋芋糜子荞麦。等到把四下里的山头全部种完，已经是四月锄草的时节了。夏季更是忙，收割的活计一直持续到深秋。碾场的事推迟到冬天，大家在雪窝子里抽出麦子，摊开在集体的大场上，老牛乏驴拖着碌碡，吱吱咯咯几乎响到老历年跟前去。过了老历年，又得动弹了，背粪。所有的农家粪土都得由人力背送到各个山头，一个冬天都别想消停了。我们盼望下雪，下大雪，大得能把世界淹没的雪。大雪天队长不会吹着哨子喊出工了出工了。下雪的天气里，大人和娃娃都是自由的。

我就是在这些自由的日子里去了趟母亲家，是巴巴送我去的。巴巴要去他的丈人家，顺便把我捎在毛驴的背上，毛驴的蹄子踏在雪上，咯吱咯吱响，响声匀称有力，像精心敲出的鼓点，好听极了。巴巴是个爱说笑的人。刚上路时我们什么话也没说，耳边响彻着雪落的声音，驴踏雪的声音。巴巴在拼力打驴，只怕雪下厚了路面打滑。二娘的话一直在我心里翻腾。临出门，二娘为我换下烂成线串串的衣裤，换上了赛赛的汗衫和裤子。赛赛明显不高兴，嘴巴噘得老高。若是平时，她肯定会冲过来，从我身上把衣裳夺去。今天没有，今天我要去自己的母亲家，二娘肯定早就对她讲了，用带着威胁的口吻说今天你得让着阿舍子，惹哭了她回去给她娘说，若是她娘听到啥闲话，我砸断你的腿子。所以赛赛只是用眼睛看着我穿上她的汗衫和裤子，眼里的火苗在呼呼地蹿，却被她一再压回去。赛赛眼睁睁看着我骑上驴，和她的父亲出了门。

赛赛一定也是想出门的。她经常会跟着二娘出门，到她的外奶奶家姨娘家去浪亲戚。浪亲戚真的是很好很幸福的事，赛赛每当跟她娘从外面回来，都兴冲冲的，不断炫耀，说她吃到了白面做的饭，而且是长面，还吃到了馍馍，还有其他的好吃的，反正都是些平日根本无法吃到的稀罕物品。赛赛偶尔也会分一点给我。可是，二娘家的娃娃多得挤破头，大家你哭我嚎，你争我抢，分到每个人手里的，仅仅是只能用牙尖尝一下的一点。深深的遗憾攫紧了我的心，要是我们的母亲也在，领我们去自己的外奶奶家浪，那会是多么惬意的事。哥哥在不远处看着，他已经是大娃娃了，不会挤到娃娃堆里来争抢那一点稀罕东西。哥哥的神色落寞中透着沮丧，我知道他其实是很馋的，他也想尝尝好吃的食物。他会和我一样，想到我们的母亲吗？

临出门，二娘忽然拉住了我的手，二娘的手心潮乎乎的，我干燥的小手到了她的手里，觉得软乎乎的，被这种软和包裹着，就有种喘不过气来的感觉。我感觉口干舌燥，我像一条游上旱滩的鱼，想挣脱这软乎乎的手心，可是，我知道自己不能，不敢。我清楚自己此去，并不是永远留在母亲身边，而是像走亲戚一样，走走，浪浪。有一天，我还会回到这个家里，与二娘一家过日子，吃二娘挣来的饭菜，穿二娘缝的衣裳。所以我不能在临走时得罪二娘，我还会回来的，再说，因为这样的事伤害她，我是不忍心的。二娘的脸上显出巴结的意味来，这是我第一次看到，这样的意味会面对着我。是我，而不是别人，真是太意外了。平时，二娘总是将笑脸，将笑意里荡漾的巴结神色送给队长、会计、炊事员、饲养员他们一伙人。巴结他们，我们这样小的娃娃也会，也知道那是些不能得罪的人。队长掌管着一庄子人的生计大事。会计只要在我们劳动的工分本上稍做手脚，我们就会面临很长一段日子的饥荒。二娘像众多女人一样，总梦想着有朝一日得到某个掌握大权的人的特别青睐。至少，她不敢将一张板着的脸对着人家。二娘只有回到家里，才忽然就脾气暴躁起来，不时找机会打某个娃娃一顿。二娘从来不打我和哥哥，其实这远比打我们一顿叫人难受。打娃娃时节的二娘眼圈青黑着，脸色黄叽叽的，脸上的皮松松地垂着。她使劲的时候，那皮就一抖一抖地动，好像那不是一个女人的皮肤，而是糊在墙上的一片牛皮纸，年深日久，糨子干裂，色泽暗黄的牛皮纸就随风抖动。二娘狠劲地抡开巴掌抽打某个娃娃。二娘的五个娃娃都挨过这种巴掌。娃娃没命地哭，二娘忽然会停止巴掌，扑过去抱住娃娃颤抖的身子，有时候二娘自己也会哭起来。而每每这样的时候，总是大家端着大小不等的碗吃饭的时候。二娘从伙房打来的饭永远是稀汤糊糊。队长的肥婆娘做饭的情景我们站在远处看过，在烧开的水锅里，撒进一堆切好的洋芋块，有野菜的话也撒进去，然后撒把面，烧开了，撒一大把盐。一顿饭成了，大家拿着家什排队，挨次打饭。二娘把我们的饭菜端在一个瓦盆里，回来就用木马勺给大家舀。大人每人一大碗，娃娃每人一小碗，外加半碗。我们等不及汤水变凉，就吸溜溜地吞咽下肚。肚子里强压的饥饿被唤醒了，急剧地折腾着肠胃。喝完汤，我们互相看着对方，恨不能连吃饭的家什也吞咽下去。稍一停顿，大家不约而同地奔向瓦盆。盛过饭的瓦盆还静静地躺在那儿，有人抢木勺，有人急得用手抓，盆底残留的一些稀糊糊很快被我们的手抓完了。大家舔着嘴角残余的一丝汁水，意犹未尽地互相看看，饥饿的意思流露无遗。二娘忽然就抓过一个娃娃狠狠抽打起来。巴巴的劝说是无效的，只能是火上泼油，好像是巴巴惹恼了她。她

扔下娃娃，抓住巴巴号哭，骂出一些莫名其妙的话。这么多嘴，这么多嘴，你叫我咋养活，叫你当好人！叫你当好人！二娘的娃娃一齐哭着。我和哥哥没有哭，已经是司空见惯的事了，哭什么呢，再哭，也不会把肚子哭饱。这样的事情发生一回，哥哥就会很长一段日子显得闷闷不乐，吃饭的时候也不会争抢盆底的那点剩汤水，而是无声地舔碗，把他自己的碗舔了一遍又一遍。舔过三遍，他放下碗出去了，脚步扑叽扑叽响动，找一点活干。哥哥是不会管我的，尽管他知道我饿。我混在二娘的娃娃里，和他们一起抢木勺，争着抓盆底的残汤，大声争吵，互相大打出手。哥哥只用深沉的忧郁的目光远远望着我。

直到有一天，二娘又和巴巴打起来了。不知道二娘的哪句话戳疼了巴巴，巴巴忽然跳起来，扇了二娘一个大嘴巴。二娘扔了空碗，呜呜地哭着，说王二你坏了良心，瞎了眼，啥破烂也往家里收拾，你叫我跟着你受穷。他们对骂的时候，我还和我的堂兄弟姐妹们争夺剩余的汤水。哥哥忽然一把抓住我的头发，把我扯出屋子。哥哥打了我一个嘴巴子，不等我哭出声，他自己倒先呜呜地哭了。哥哥说你是个吃屎的货，咱娘的脸都叫你丢光了。你能不能争点气。哥哥的眼泪像蓄谋已久的洪水一样，决堤而下，他简直哭成了泪人。我抬头看看天上，四月的天气好明朗，庄稼的青苗在不远处发出幽幽的草味，世界上一切正常。可是，我一向默默无言的哥哥怎么了，怎么将巴掌抡到了我的脸上？

接下来哥哥对着我讲了一大堆道理，讲了什么，我一点也没往心里去。说实在的，我念念不忘的，是瓦盆底还有一点稀汤，现在肯定叫赛赛他们吃了。少吃那么一口，我会觉得一整天都是饥饿的，都处在深深的遗憾里。哥哥叽叽哝哝说了些什么，我吃了晚饭才隐隐记起一点来。他好像说什么巴巴夹在中间受气，我们不能为难他，这不是我们的家，我们不能和赛赛他们争抢，等等。哥哥的话我很快就忘记了，呈现在我眼前的是大大小小一共九张饥饿的嘴巴。真正顶事的劳力只有巴巴和二娘，我们都还小，赛赛和哥哥只能算半个工。劳力少嘴巴多，我们只有挨饿的份儿。

饥饿是一种说不清楚的东西，让人一动也不想动弹，只想整天睡在一个地方，迷迷糊糊地活着，却又无法安静地待着。大人出工去了，我们把家里可能藏有吃食的地方翻个遍，连柴窑的墙缝里也翻遍了，什么也没有。有的只是几件破烂的衣裳，几双鞋子，几根木棍。我们知道有半袋炒面装在木箱子里，那是二娘陪嫁的箱子，一把大铁锁子牢牢锁在上面。我们将无数的手印留在木箱上，铁锁上，可是，终究没有勇气砸开铁锁。砸锁子的石头，窑门前就有一块，是二娘冬天腌菜用的。用那块石头砸开这把锁，估计是轻而易举的事。可是，谁有这样的胆量和气魄呢？谁也没有。除非二娘回来，用腰上的那把钥匙打开来，给娃娃们一人分那么一点炒面。我们贴着箱子的边沿嗅着，像饥饿的瘦狗在嗅一截干枯的陈年老屎。可能这炒面放的时间长了，已经没有莜麦炒熟的那种浓浓的香味了，飘散出来的味道淡淡的，在鼻息里流淌。可是这已经足够吸引我们了，让我们长时间留恋在箱子边，舍不得离去。后来我们就离开箱子，到门外的地上去，找一些草根啊野菜啊一类的，充充饥。

在围着箱子打转的时候，在地里寻觅野菜的时候，我无时无刻不在想着一个地方——我们曾经的家，母亲和我们一块生活过的那个家。对于父亲，我一点印象也没有。我的生身父亲，他刚刚把我带到这个世界上，就离开了我们，留下我们孤儿寡母。据说父亲在咽气之前拉着他的兄弟——我们的巴巴的手，死活不放，只是流眼泪，那一口气就是不断。巴巴哭着说大哥你放心，你的娃娃我会收留的，我不会叫他们没家没舍的。父亲才慢慢松开手，咽下最后一口气。

母亲原本是不想改嫁的，她想把我们几个娃娃拉扯大再看情况。是谁逼她离开这个庄子的，我不知道，我只知道我的母亲人长得还行。背粪的时候，队长亲自过来盯着过秤。队长指着母亲的一背篼粪说五十六斤。母亲再背一回，还是五十六斤。母亲回身看看其他背粪的女人，脸色渐渐绿了，就不敢再背了，装作肚子疼，到收工时，只磨磨蹭蹭背去一回。几个女人已经用别样的目光，盯着母亲的脊梁看了。女人们用的是同样的背篼，别人是四十几斤，最多不会超过五十斤。队长居然给一个人接连称出了五十六斤，是秤出了问题，还是队长的眼睛有问题了？

后来，等到庄稼收完，进入冬天，我们的母亲就改嫁了，从王家埫嫁到了一个叫李家梁的地方。李家梁的那个人用毛驴驮走了我们的母亲，同时带走的还有我的大姐。哥哥和我留下了。大姐是准备给李家的大儿子当媳妇的，他们没有理由再带去我们两张吃白饭的口。听说李家也有好几个娃娃，日子想必不怎么好过。

母亲一去就永远消失了一样，再也没有在王家埫出现过。他们带走了姐姐，母亲还带走了一样东西——我和哥哥的心。自从母亲走后，我的心悬在半空，总是无法落到实处。我看见我们的老院子被队里当了牲口圈，队上的牛和驴就关在我们曾经睡觉吃饭打架说笑哭闹的土窑里。我们和母亲一块生活过的土窑，就这样一天天失去我们留下的踪迹，变成粪味弥漫的牲口圈。我心里的那个焦急啊，真想不明白这些人为何偏偏要把牲口圈到那里，他们怎么就不想一想，那可是我们的家啊。要是有一天我们的母亲回来了，我们还会到那里过日子的。我深深坚信，我们的母亲会回来的。总有一天，她会忽然出现在我们面前，用她粗糙的手心摸我们的脸，抱着我们在门口的土台上晒暖暖。

母亲却永远没有回来。一天过去了，两天过去了，一个月过去了，两个月过去了，转眼到了第二个冬天，距离母亲改嫁整整一年了。就在我几乎不再那么急切地想着母亲的时候，巴巴忽然说明天带我出门，看我的娘去。

我看见了世界上最大的一场雪。出门的时候，雪下得正欢畅。大片大片的雪花，起劲地落着，它们似乎想把世界上的一切东西都埋起来，埋在纯洁干净的白色里。什么都是同一个颜色，包括高低起伏的山峦，蜿蜒曲折的山路，还有地面上行走的我，还有他。

他走在我前面。从一开始，这个人就走在我的前面。我们一直无声地走着，从出门到雪落了半拃厚，我们一直没有开口说话。其实自从母亲走后，我就变得不爱开口说话了。一来因为饿，饥饿让我没有多余的力气说话，尤其是那些可有可无的废话。还有，我发现离开母亲，离开我们从前的那个家，离开那熟悉的氛围，我说出的话好像没人太在意。赛赛他们总喜欢围住二娘说："我饿，我饿死了啊。"好像他们这样不停地叫就可以减缓肚子里的难受，我是不会这样叫唤的。二娘已经够烦的了，她亲生的几个娃娃已经够她受的了，我的轻微叫唤她根本无暇理会。再说，我能深深地感觉到，撒娇一类的话，只能在自己的母亲面前使。二娘不是我们的亲生娘，我们之间隔着一层东西。我慢慢学会了沉默，有什么都忍着，除了到瓦盆前争抢那点剩饭的事。我和哥哥之间也没有了说笑打骂。我们过去曾经那样地大打出手，为了一块馍，一个小小的玩物，等等，我们互不相让。我们嘁嘁喳喳，恨不能吵翻了头顶的天。母亲劳作之余，忙于调解我们的纠纷，气急败坏的时候她会捞根棍子追赶我们，棍子抡在屁股上啪啪响，挨到棍子的人哇哇地哭叫。我们是那么伶牙俐齿。可是，母亲走了，我们可以肆意哭闹说笑打架对骂的家没有了。我们挤进了巴巴的家，巴巴的家对于我们，既熟悉又陌生。我和哥哥像两个楔子，硬生生插进巴巴的家。巴巴原本和谐的家里出现了裂缝，是因为我们的插入而出现的裂缝。二娘的孩子一个个张着永远饥饿的嘴，现在忽然多出来两张同样饥饿的嘴，我们等于在巴巴家原本流血的伤口上又撒进了一把盐。对于我们的到来，二娘显得很矛盾。二娘其实是个心善的女人，好多年里，她分给我和哥哥的饭量，不比她给自己亲生的五个娃娃的少。劳动的间隙里，她为我们大家做布鞋子，一双手被针线磨得常年蜕皮。二娘就是嘴巴不好，心里的气不顺，不断找巴巴的毛病，摔摔打打的，骂出的话里含枪带棒。我们终于听明白了，她是在抱怨丈夫收留了我们，叫她原本艰难的日子更加艰难。在二娘家里，我和哥哥都变了，慢慢忘记我们以前的调皮，变得沉默寡言。

雪花是一片一片落下的。风紧的时节，眼前一片白茫茫的，没有边际，路面早被积雪覆盖。严冬的大雪居然不怎么冷，落到脸上凉凉的，只是稍稍一落，就随风走了。雪花也在赶路吗？那么急匆匆的，它们是在寻找自己的家吗？它们有家吗？它们是否也没有父母，才在这么冷的天里出来寻找？雪花就不怕冷吗？一直响着的咯吱声停下了，停了一会儿，迟疑着，又重新响起。我不抬头看，我知道是那个人放慢了脚步，在前面等我。他总是走得很快，大大的步子，一步一步往前迈开，踏在雪上，发出咯咯吱吱的脆响。渐渐地，踏雪声变得沉重起来，给人感觉那双脚底有黏糊糊的东西在拖曳，步子就无法迈得干脆利索。他个子实在大得吓人。我母亲本来是个大个子人，与他站在一起，我发现母亲显得有点瘦小，简直就是个矬子。大个子的人，在不远处停下了，背着手，抬头看天，同时咳嗽了几声，把一口痰吐在路边。雪白的地上顿时多了一团黄乎乎的东西，破坏了眼前纯白的世界。我磨磨蹭蹭走近前去。从一上路我就有意与他拉开了距离，一直默默跟在他身后，保持着不远不近的距离。这也是个话少的人。在他家的十来天时间里，我看出来了，他喜欢安静地不出声息地干活。在他的家里，他一刻都不停地干着活。大雪封门的那几天，别人都在睡懒觉，他一大早开了门，唰唰地扫雪。雪下了整整一天，他也不停地扫了一天。母亲看着不忍心，说你缓一缓好吗？队上的活计干得还少吗？你想挣命啊。母亲的语气里有责备也有疼爱，我已经能感觉得到分辨得出了。我当时坐在他们的炕上。我坚持叫“他们的炕”，虽然从我一进门，母亲就说把这儿当成咱原来的那个家，不要害怕，但我还是固执地认为这不是我的家。我的家，我们的家，早在母亲改嫁的那天荒废了，破碎了，永远也无法重新建起。因为我和哥哥，我们共有的父亲离世了。所以当母亲指着站在地下的这个男人说“这就是你新大，快叫新大”时，我动了动嘴唇，他们以为我叫了，高兴地说好好好。他们哪儿想得到呢，我想说出的那个字是“不”。我想说“不”，他不是我的“大”，我的大早睡在坟院里了，睡了两个年头了。

我站住了。他站在路边，犹豫着，好像在等我，我就不喜欢他这种犹豫不定难以决断的样子。在巴巴家，我如果像他这样，优柔寡断，想好了才蹭到锅边的话，那点剩汤早就被别人抢去了，我只有饿着肚子遗憾了。这个人，白杨树一样高大的男人，在我面前总是一副羞怯的模样，这叫我感到不舒服，觉得别扭。我以前的父亲，我的生身父亲，据说长着凶凶的胡子茬，说话声音粗大，动辄冲人瞪圆一双眼，像牛眼。大家敬他，也怕他，所以我一直认为真正的男人就该是他那样的。这个领走我母亲的男人，竟是这样一个面善的男人，我觉得母亲是不是上了媒人的当，怎么能嫁给这样的一个没有男人模样的

男人呢？

雪还在下，这是入冬以来最大的一场雪。在记忆里，我好像没有见过这么大、来势如此凶猛的雪。真的是大雪啊！雪落在我们的身上不见消，而是积攒了起来。我看见行走在我前面的那个身影渐渐变成了一个白色的雪人，只有裤子后衣襟等雪花无法站住的地方，尚显示出来那是个真正的人，活动的人。他的肩膀胳膊全被雪埋了，头上那顶自己缝的狗皮帽子被雪覆盖，头就成了一颗雪头。在大雪覆盖的茫茫世界里，他的影子像个鬼魂，无声地挪动的鬼魂。我低头看自己，我的身上同样落满了雪。起一阵小风，雪花就扑进我的鼻子里、耳朵里、衣领里。雪花似乎在和我捉迷藏，冰凉中带着湿润的雪花，追赶着我，让我无处躲藏，无法躲藏。我的头重重的，是积了过厚的雪的结果。我们一直没有伸手去拍打雪，我没有，奇怪的是，他也没有。他一直走在我前头，没有回头，但他似乎看见了我失魂落魄的模样，看见我悠悠晃荡在漫天风雪中倔强而委屈的脸。他没有拍打落在身上的雪，他和我，我们都变成了雪人。我们的脚上都穿着我母亲做的棉布鞋，是那种沉重的模样笨拙的大棉鞋。

要去看母亲了，我却高兴不起来。巴巴把我放在驴背上，他自己脚步扑叽扑叽的。巴巴是个嘴巴闲不住的人，用二娘的话说就是喜欢穷开心。去母亲家的路几乎全是山路，坑坑洼洼一点不好走。毛驴一颠一颠的，巴巴也一晃一荡的。巴巴对着一只飞过头顶的鹰唱起了歌儿，他是一路唱着把我送到李家门上的。和巴巴在一起赶路的感觉轻松又有趣，尽管我一路上并不轻松，我在忐忑不安地猜想着将要面对的环境和陌生的人。巴巴还在唱，不停地唱。难怪二娘说他们家都是被这个穷开心的人吼叫穷了。“把一点福气都吓跑了嘛。”二娘噘着嘴说。正是这个穷开心的人，用歌声让我一路沉浸在遐想里，渐渐忘了顾虑，下驴后大大方方进了母亲家的门。

要是他也唱个歌子会怎么样，肯定能缓和一下这种紧张气氛。可是我知道是不可能的，他不是巴巴，不是巴巴那种睡梦里也唱歌子寻开心的人。他对我小心翼翼的，给人感觉他欠了我什么，一时无法还清，就处处留意，处处小心。他还不如他的那个大儿子。他的大儿子，也就是他先前那个女人生的娃娃，我倒乐意喊他哥哥，那是个喜欢用大眼睛愣愣地瞅人的男娃娃。我下驴时，就是他跑出来，把我从驴背上扶下的。没人的时节，他和大姐说笑。他和我的大姐，他们已经定了亲，不久的将来，他们要成为夫妻，在一块儿过活一辈子。我对母亲现在的男人没有好感，但对这个未来的姐夫打心眼里满意。他和我的大姐，十分要好，做饭的时候，他跑进厨房帮大姐烧火。我们三个人说说笑笑的，不一会儿我就不紧张了，最初的那些胆怯担忧也悄悄地跑光了，感觉他就是我的另一个哥哥。我有些遗憾，我的亲哥哥没能来，他留在巴巴的家里。天晴了他还得背粪，挣工分去。我出门的时候，他躲在柴窑里，他一定在偷偷哭，我的那个哥哥总是背过人悄悄哭，却不让我告诉任何人。我知道他想母亲和大姐，我也想。我们的想念赛赛他们永远不会明白，他们只会对着我们红红的眼睛起哄，拍着巴掌嘲笑。

我未来的姐夫，有一个好听的名字，叫阿里。

要说我和哥哥与赛赛他们有什么相同的地方，就是我们都饿着肚子，都穿着破烂的衣裳。赛赛已经是什么都明白的年纪了，我们一起玩耍的时节，她不止一次说过同样的话。她说他们碗里的汤为啥那么清，他们为啥比别人家娃娃饿得厉害，就是因为家里多了两张口，平白多出来的口。我隐隐明白这两张口与我们有关，与我和哥哥有关。巴巴和二娘对我们是一视同仁的，我饿得面黄肌瘦，赛赛他们的脸也是菜色的。我们玩耍

的时节不敢使劲追赶，过于出力的活动让人感觉脑子里一阵一阵地空白，脑子里有一片水在晃荡。尤其是饥饿得厉害的时候，这种晃荡叫人一动不敢动，肚子里有无数的猫爪子在抠，心口烧烧地疼。头顶的日头变成了两个，三个，无数个。五颜六色的日头在眼前晃荡，眩晕的光环将我们紧紧包围。

这种饥饿一直持续到夏天豆角成熟的时候。夏天可能是世界上最丰满最可爱的季节，绿绿的苦苦菜顶破地皮，在荒野里田地里悠悠生长。不下地干活挣工分的娃娃手里提着篮子，到野外去铲苦苦菜。嫩嫩的苦苦菜铲下去，根部会流出一股白白的乳液一样的东西。我们将嘴巴按上去贪婪地咂吮着汁水，味道是土腥的，有点涩，饥饿的感觉反倒更加真切了。我们不约而同地把苦苦菜塞进嘴巴，香甜地嚼着，嚼出满口的绿水。苦苦菜真是世界上最最好吃的东西，铲满一篮子提回家，二娘回来看见了脸上顿时有了笑意。用清水洗一洗，放进锅里，等灶上的汤打来了，倒进锅里，添几瓢水，撒一把盐巴，苦苦菜就滚成了美味可口的吃食。

不是一直有这样的好日子，因为苦苦菜有挖完的时候。满山洼都是挖苦苦菜的娃娃，过不多久，田头地埂的苦苦菜会一扫而光，往往走七八里路挖不满篮子。走着挖着人就倒在某个山头上，好半天起不来。这时候豆角熟了。从豆角刚刚顶破花蕾，仅仅雀舌大的时候，我们就开始留意它们了。饥饿难耐的时候，就想象豆角成熟的景象哄骗自己。豆角成熟后鼓鼓的，啪的一声打开了，露出一排翠绿的水灵的瓤，豆角皮也脆生生的，能嚼出满口的汁水来。假想的景象也是能充饥的，确切地说是压饥，灼烫的酸水不再那么急剧地满肚子晃荡了。豆角真正成熟了，我们陷入莫名的兴奋与惶恐当中。偷豆角是极危险的活，满地的豆花还在嫩嫩地开着，队长就已经组织好了看青队。一伙年轻力壮的小伙子不分黑夜白天地巡逻在地畔，这让我们明白有多少饥饿的眼睛在盯着刚刚鼓起的豆角，大家的眼里闪现着绿莹莹的据说狼眼里才有的光。如果没有看青人手里粗大的棒子，相信所有的人会冲上去活活生吃了豆地里的人，然后吃完所有的豆角，连豆荚豆蔓也不剩余。偷豆角是万分危险的事，被当场抓住的话，队里就扣掉你全家大半年的工分，是十分得不偿失的。巴巴和二娘老早就给我们分析了其中的利害，叮嘱大家千万不可去偷豆角，连地畔也不要轻易靠近。哥哥还是敢冒天下之大不韪，放羊的时候偷到了豆角，自己吃饱，在裤裆里那个隐秘的兜里装回一大把，分给我们吃。吃完豆角，咂摸半天嘴巴，我们就遗憾，恨自己不赶快长大。出去放羊，放羊的日子是多么美好幸福啊，居然能偷到豆角吃。

回想起夏天的情景，我悄悄笑了。人就是这么奇怪，当时饿得死去活来，等时间流逝，回过头去看走过的日子，又发现那里面有一些美好的叫人难忘的东西。

雪花还在下，纷纷扬扬的样子，从容不迫中显出一些纷乱。大雪无声，只有我们踩雪的咯吱声。远山变得模糊不清了。我有点气喘，胸口胀胀的，像有个风匣在那儿来回拉动。我知道自己走不动了，早就跟不上前面的人了。尽管他一再磨蹭，装作欣赏雪景，走走停停，在有意等我，我还是跟不上了。我鼻子一阵酸楚，有点怨恨母亲，她有了自己的新家，心思全扑在这个男人和肚子里即将出世的娃娃上头。她没有劝说我，劝说我留下，多留一些日子。我在她的新家里待了十一天，那么短暂的十一天，她就打发我出门。她用她粗糙的手掌摸了摸我的脸颊，就叫我上路了。她手掌里的硬痂划疼了我的脸，我强忍疼痛，我不敢回头，我怕他们看见我噙在眼里的一包水。

我看见阿里红着脸对母亲说，等雪停了，天气晴了，再叫阿舍走吧，这么冷的天，多受罪。我扭头就走，再也没有回头，我从他的口气里听出了怜惜。我知道我那一刻不能回头，我会哭成泪人的。可是，我想看一眼我喜欢的这个哥哥。新父亲出来了，肩头斜挎着包袱，那里头有母亲为哥哥做的棉鞋，还有一双是给赛赛的；还有用旧衣裳改做的一身衣服，也是给哥哥的。

母亲的反应是冷淡的，远没有我想念她那样地想念我们，她甚至没有抱我一下。她的身子臃肿而沉重，行动起来十分不便，她坐在炕上低下头为我和哥哥赶做棉鞋。她嘴巴紧紧闭着，捏针的手有些肿，总是拿捏不稳针线。她将针在头发丛里抿一下，再抿一下，这个动作是我熟悉的，我们从前的家里就出现过。眼泪慢慢弥漫了我的两眼，趁她不留心的当儿，我忙悄悄擦在手背上。纳鞋底子的麻线被拉得刺拉拉响，细碎的麻线屑在飞。母亲抬头看一眼我，又看一眼。她总是在我不注意的时候，飞快地看我一眼。她咳嗽的时候，就用双手护着肚子，生怕颠着里头的娃娃。她肯定也用这样的动作护过我，还有哥哥。

坐在母亲的炕上，我的心神一阵阵恍惚，好像时光倒流，我们又回到了以前的日子。地下的大姐和她未来的女婿说笑着，笑声总是打乱我的思绪。我隐隐明白人活在世上是不一样的，一人一种命运。大姐就和我不同，她红突突的脸上浮着顽皮的笑，她是幸福的。而我的哥哥，那个忧郁寡言的男娃娃，此刻肯定待在队上的羊倌窑洞里，听几个老汉胡吹乱侃，时不时帮他们添一下土炉子里烧煨的牛粪圪尼，然后对着红红的炉火走神，他一定十分想念母亲。可哥哥你想得到吗？我们的母亲，已经不是我们曾经深深思念中的女人，她是另一个男人的女人。她已经那么深地融入到另一个家庭，一心一意地和一个我们完全陌生的男人过日子。

我发现我是那么急切地想要离开，离开母亲的家，回到二娘和她的孩子们当中去。我已经习惯了那里的吵闹与忧愁，我想以自己习惯的姿势坐在没人注意的角落，默默地想心事，默默地与饥饿作斗争。现在我的肚子是饱的，从这一点上我看出我的母亲还是爱着我的，她叫我放开肚皮吃，吃得饱饱的。我一口气吃下去，收敛的咀嚼声静静地响着。等我发现满屋子里静悄悄的，才发现所有的人正目不转睛地看着我，看着我吃东西的贪婪的样子。他们把叹息悄然咽回肚子。我发现，他们一人吃了不多的一些。他们也是有限量的，他们也得时时节省，漫长的冬天，有一半的日子得空着肚子挨过去。到处都是一个样，我怎么就忘了呢？

肚子已经饱起来，饥饿的感觉还在，这是饿久了的缘故。长时间以来的半饥半饱，让我总是处于饥饿状态，现在放开肚皮吃了一顿，还是没法消除这种饥饿的感觉。我有点不好意思，不敢看他们的眼睛，他们也在挨饿。我怎么就忘了，世界上的人都在挨饿，队长早就说过这样的话。队长说我们大家勒紧裤带坚持坚持，苦日子马上会过去。他们的队长肯定也对他们讲过同样的话。他们也在挨饿。我有点懊恼。上了母亲家的饭桌子，我就忘了身处何方，我甚至觉得回到了过去的家里。

他们没有问我在二娘家的情况，我也没有提到二娘和巴巴一直吵嘴的事。大姐问起，我什么也没有说，我一概说好，好好好。我记起临出门时二娘看我的眼神，我明白她的意思。本来我想我会背叛她那湿润的忧伤的眼神的，在母亲面前，我从来都是没有秘密的。可是，母亲的冷淡叫我缄口了。我想我这辈子也不会对别人说二娘的坏话了，我准备永远保守一个秘密，就是对我的生身母亲，我也不会开口了。我想念二娘，想念赛赛他们。我说我要回去，我把想法小声说出来。开口之前，我其实耍了一点小聪明，我想，这么冷的天气，又在下雪，母亲不可能答应放我出门，最迟也得等到这场雪停，化得差不多的时节。那时候，腊月快过去了，说不定他们会留我到正月的。

可是，我打的算盘落空了。母亲居然点了头，马上收拾东西，送我起身。临走，她叫我喝了碗萝卜干烧的汤，萝卜汤很好喝。我感觉自己这一去，再不会来这个家了，就算巴巴送我来，我自己也不会再踏进这个门槛了。我已经暗暗下了决心，就算饿死冻死，我也宁愿死在二娘家。迈出母亲家门的那一刻，我甚至想，这辈子我不会再留恋这儿了，大雪天送我上路的女人，不是别人，正是我的生身母亲。

母亲的男人出来了，肩上挎着小包袱，他什么也没有说。母亲在屋子里跟他嘀咕了好一阵子，他的脸色有点沉重，似乎不愿在这大冷的天里出远门。这几天里，我与他，我的新父亲，没有说过一句话。他问过几句，我只是低头沉默，一言不发。

门外的雪花在起劲地落。我们走进大雪漫卷的世界。母亲在门口送，我不知道她会目送我多久，我想回头看看，看她最后一眼。可是我没有，始终没有。我的生身父亲，据说是个倔强暴躁的人，此刻他暴躁的血液遗留在我的血管里，正倔强地流动。我恨母亲，我在心里说着最后的决断的话。母亲彻底抛弃了我，从此这个世上没有了我的母亲，我只有二娘。我忽然十分想念二娘，前所未有地想念。

雪花在脚下呻吟，它们似乎也有生命，也不堪重负，发出沉闷的忧郁的响声。这响声渐渐麻木了我的神经，我只在反复想着一件事情，从此以后，我没有母亲，除了哥哥，我没有亲人。在这大雪纷飞寒冷异常的农历腊月，打发我上路的，是我曾经那么想念的母亲。母亲的无情让我彻底断了念想，我用不解的目光看了母亲最后一眼。我分明是被赶出了这个家门。

起风了。刚开始，一阵一阵的轻风吹过，身上顿时冷透了，我们不由得加紧了步子。走过一道山梁，爬一面陡坡时，一股劲风旋起大堆雪花，雪沫子扬起老高，直扑打人的脸，眼睛也睁不开了。风势明显变了。

前面的人停下了，抬头打量前方，上了这道坡，就能看见王家垴了。巴巴的家就掩映在挂满雪柱的榆树丛里。榆树一律是光秃秃的身子，皮早就被大家剥下，煮后吞咽进饥饿的肚子。这场大雪一下，榆树可怎么办？它们会不会感到冷呢？我有些等不及了，我想看到榆树，饥荒中养活过我们的榆树。想到它们，我感觉心里暖和起来，真是奇怪，想它们的时候，我隐隐想到了母亲，我一阵辛酸。一旦离开了，我就不由自主地想念她，我的母亲。

那个人这回真的停下了，在抬头看天，雪沫子直迷人的眼睛。他把明显罗圈的腿在雪地上跺着，脚下发出钝钝的踏雪声。他咳嗽着，双手使劲缩在袖筒里，脖子竖着，我暗暗发笑，是幸灾乐祸的笑。尽管他一再紧缩脖子，雪还是灌进了衣领。我的脖子里也落进不少，我是抱着无所谓的心态任由雪花往下落的，脖子冻僵硬也无所谓。可是他也跟着我受这份洋罪，他真是活该，谁叫他是我母亲的男人。我恨母亲，更恨夺走母亲心的人。

“嗬——嗬嗬——噗！”一口痰落入风里。一些唾沫星子溅到了我的脸上，我停下了。这一路上我都在磨磨蹭蹭，故意拉开我们之间的距离。

他正看着我，黑红的脸上，枯瘦的眉目间居然浮着一层笑。我吓了一跳，第一念头是，这个人他居然会笑。他在望着我笑，他笑起来的时候，神情有些僵硬，好像有一双无形的手在向耳后扯他的皮肉，脸面上的皮肉绷得紧紧的，眼睛分外地大。他原来是个大眼睛男人，这么多天我没敢仔细看他的脸，现在他在用大眼睛看我，我停下了。我不明白他的想法，天色已经有点晚了，他怎么就不着急呢？送我到家，他还得回头走回他自己的家去，来回差不多要三十多里路呢。我都有些替他着急了。

他在等我。我磨蹭了好一会儿，慢慢走近前去。他看我跟上了，才转头又走。

“咳——咳！”他清了清嗓子，回过头问我，“你把我，叫个啥？”

这个问题来得有点突然，别人问过我这样的话，二娘，姐姐，还有那个爱玩耍的阿里。我一律没有回答，我不想回答这样愚蠢无聊的问话。他们问这样的问题时，眼里闪着自以为是的聪明。这问题三岁的娃娃也知道，何况我已经六岁了，已经在离开父母的环境里生活了一年。

“咳，咳咳——”他等不到答案，干咳几声，显得有点尴尬。

“我背上你走吧，天要黑了。”他说，口气是商量的。

我不理他。我来的时候，是巴巴用驴子驮的。一路上除了颠得骨头有点疼，我一点也不乏，骑驴是感觉很美的事。这个人居然想背我，谁知道他是真心还是假意。我知道这样的赶路速度他等不及了，他还得走回头路。天色确实不早了。我极快地从鼻子眼里哼出一声，说：“要是害怕，你就回去，把包袱给我。”

他解下了肩头的包袱，我过去默默接了，扛起就走。我连看都没看他一眼，我恨他，我只想远离他。对巴巴以外的男人，我都怀着敬而远之的心态。

我快快地走着，雪被风吹得乱七八糟，原本窄窄的山路上，不时出现一堆被风吹成小山的雪堆。他一直走在我前头，雪厚的地方被他踩出一排脚印，我循着脚印走，省力多了。前面忽然没了引路的人，狭长的山路，厚厚的雪，摆在我面前。

没有人踏出的痕迹，连野兽的足迹也罕见。我不顾雪薄还是厚，径直向前走。他很有可能就站在身后看我走路，我挺起了腰板。只是包袱有点重，走出十来步我就渐渐力不从心，感觉拖不动了。

忍不住扭头看后面，茫茫的白雪在起劲地下，送我的人不见了。他已经拐上了回家的路，可能正在某个拐弯处赶路。

他真的走了。母亲说我是个犟种，像我死去的父亲。母亲甚至在担忧，这样的性子，在生活里只有处处碰壁，处处吃亏。我已经碰壁了，我的母亲大雪天打发我上路，就是因为我提出要走，他们答应了我。我的新父亲毫不犹豫地扔下我走了，他们在用我的倔强惩罚我，让我明白一个女子的倔强是多么可笑和无用。

向前走，咬着牙走，上了这道坡，就能看见我们的王家垴。走出一段路，我全身心放松下来，那个人已经走了，我可以随心所欲放开手脚走自己的。可是，我还没有上完坡，正在吃紧关头，脚下一打滑，来不及站稳，一个背仰，向坡下倒去。倒下了，身子就不是我的了，怎么也不听我的使唤，骨碌骨碌向坡下滚去。包袱还挂在胳膊上，随着我一起滚，山路上生生划出一道雪印子。我不由自主地哭喊着，哭喊些什么，自己也不知道，好像是天要塌了，我只是胡乱喊着，惶急中喊出的是娘，我已经发誓不再想念的娘，我的绝情的生身母亲。

我竟然滚到了我们刚刚走过的地方，这才停住，被一个地埂挡住了。头发被野草挂得一团糟，脸也火辣辣地疼，肯定是被野刺划破的，我摸到了血。抬头望望爬上去又滑下来的山坡，我忽然感到很恓惶。天色不早了，远山显得暗淡下来。我爬起身，再摸一把脸，血似乎冻僵了，热乎乎的眼泪难以抑制地落下来。天气真的太冷了，眼泪无法流下，就停滞不前，脸上一片冰凉。大风漫卷，雪沫子哗哗扑打着荒野，有些地方裸露出了地皮，冻得过硬的地皮，显得苍白坚硬。白雪掩盖的世界辽阔而空落。我又想到了母亲的家，灯下缝补的母亲，灶火旁轻轻说笑的姐姐，动不动就脸红的阿里，不苟言笑的新父亲。现在想来，即使我那个严肃的新父亲在旁，那种氛围还是很温暖的，令人留恋，禁不住思念。世界就是一场没有边际的大雪。我的人生注定要忍受孤苦与伶仃。我是被世上所有人抛弃的人，包括我的生身父母。

我急惶惶爬行在陡坡上，天黑前必须到达王家堖。我后悔出门时没有拿一根棍子，万一碰上只野狐什么的，要是它来威胁我，可以吓吓。可是我是揣着一肚子闷气出门的，我赤裸裸了无牵挂地行走在天地间，我这样的人被狼吃了最好。

身后传来咳嗽声。一股子北风吹过，隐隐的咳嗽声，裹着雪沫子灌进了我的耳朵。我感到奇怪，这荒山野岭的地方，会有人赶路？会不会像我一样，也是个没有家、寄人篱下的孤魂。

我回头看去，远处一个身影在移动，走的是我走过的路。我们是同路人，我心里一热。世上还有个和我一样，大雪天冒风雪赶路的人，我们是同命人。回头看，我走过的路，已经大部分被风雪淹没。送我的男人，不知道到家了没有。这时候，他一定进了家门，母亲拖着大肚子殷勤地为他拍扫积雪，给他让出被子下那一坨温暖的热炕。他一定对母亲说他把我送到家了，看着我进了家门他才折回头赶回家的。十七里山路走个来回，把他累得够呛。

他知道我没有机会向母亲告状，我决绝的神态告诉所有人，我决不会再踏进那个家门。我决意忘记母亲，忘记我在这个世上还有个活着的亲娘。

有人在山路上遇上了狼，还有鬼。

孤魂野鬼双手勒住人的脖子，将活人生生捏死。最后人的舌头吐在胸膛上，有一尺长，眼珠子也蹦出来了。

狼咬住人先不着急吃，像猫耍老鼠一样，和人耍，耍乏了才咬断脖子吸血，最后吃肉，撕碎了一口一口吃。

母亲为我们讲的故事里有这样的情节，二娘讲的是同样的事，好像女人们都喜欢讲这类故事哄娃娃。那时候我们没有害怕，我们睡在暖和的炕上，钻在被子里，大家一块儿待着，不会感受到这样的恐惧。孤身行走在这荒凉的山路上，我脑子里涌上的全是这类事件，血淋淋的细节就像摆在面前一样。

天色越来越暗，苍茫天地间，只有雪在无止境地落。我看见山下的榆树林了，落满雪的树木像一群落魄的叫花子，披挂着满身的积雪。

下了这道坡，穿过那片林子，我就到家了。一股热乎乎的潮流涌满了我的眼，终于看见家了。亲爱的二娘、巴巴，还有赛赛，我回来了。

回头看后面，那个人影竟然还在，行动迟缓，踽踽而动。大雪中的他显得臃肿而笨拙，不留心的话会以为那只是个突起的地包，被雪覆盖。大风横扫，露出他身上的衣着，隐隐看去似乎是黑色的衣裤。头上肯定戴着顶狗皮暖帽，雪落厚了，头就大得出奇，像一堆乱柴。

他还在咳嗽着，看来是个肺不好的人，和我的新父亲一样，有肺病。这种人最不适合在风雪天出门，会加重病情的。那肯定是个老汉，以那么慢的速度走路，显然有六七十岁的年纪。要不是他总在咳嗽，我还真的不会知道身后还有活人。我们远远隔着一段距离，一前一后爬完了山坡，走完了山顶上弯弯屈屈的盘旋路。

真得感激他，没有他，我肯定早吓得半死。就这，几只突然蹿过的兔子，吓得我几乎灵魂出窍。我想要是半道上突然跳出个饿狼或者厉鬼，我就转过头往后跑，跑到那个人跟前去，

两个活人总比一个强吧。

我相信是他的不断的咳嗽惊退了野物和鬼怪，我一路上平安无事。看见二娘的家，我跳了几个蹦子。身后的人，腿脚迟缓的老汉，对不起了，我得回家。我重新背好包袱，踏上积雪堵塞的小道。下坡路好走极了，我穿的是母亲新做的布棉鞋，踩在雪上不打滑。再说，打滑也不要紧，跌倒了我会迅速爬起。我飞一般奔下了山。

到了山脚下，我隐隐记得一共跌了三十八个跟头，还好，包袱始终挎在背上。只是弄脏了棉鞋，没关系，等天晴了放外面好好晒晒。

村子里静悄悄的。大家没有出工，这是一年里唯一不出工的时节。下雪天真好。有牲口饿极了发出不耐烦的吼叫。谁家的狗汪汪地叫，叫声显示它的肚子是饥饿的。

穿过林子，我很快就到家门口了。摸着巴巴家破旧的白木门板，我没有急于喊叫，我想缓一缓。这趟去李家梁，我满腹忐忑出门，满怀伤心进门。接下来的日子，我会一心一意跟赛赛一家生活，我的生活里肯定不会再有幻想，也不会有思念。我会完全融入到这个家里。

回头看我走过的远山，山顶上，大雪被风挟裹着翻滚横流。我细心寻找，没有我要找的人，那个老汉，他怎么还没有出现？天真的要黑了。暮色已经拉开，白雪的世界显得暗淡下来。那个要饭的，说不定会冻死在路上的。我心里一阵难过。他想得到吗？他无意中给我做了伴，陪我走完长长的寒冷的山路。

天色完全黑下来后，我才推开了二娘家的门。我已经冻得站不稳当了。二娘把我抱上炕，他们惊讶得喘不过气来，说没有想到这样的天气里我会回来。他们口里说的“回来”，让我感觉心口暖暖的，说明他们把我当成这个家里的一分子了。二娘点起了灯，清油灯一点荧荧的光亮，闪烁在土墙壁窝里，我在二娘怀里沉沉睡去。我梦见了娘，抱着寒冷中索索发抖的我。温暖的怀抱，究竟是亲娘还是二娘的，我醒来后就记不清楚了。那个陪我走路的人，会冻死在哪儿？开春雪化的时候，一定能看到他的尸身。那时，他会不会从积雪下翻起身来，睁开蒙眬的睡眼，不无幽默地问："我这是在哪儿？这一觉睡了多长时间呀？"

时间一天一天过去，一年一年过去。从此我没有再去过母亲家，我渐渐遗忘了李家梁和生活在那儿的我的亲人。后来，我长大了，嫁到另一个山村，开始了另一番生活。二十年过去了，三十年过去了，五十年时光也过去了。人活在世上就像清晨落在树叶上的露水，转眼就走完了一生，从人世消失。我早就和母亲和好了，也和二娘来往。母亲七十三岁这年，二娘无常了，我像哭亲娘一样痛哭了一场。在二娘家炕上，母亲顶着满头白发，说："我欠着她的，我欠她的这辈子还不清啊。"我知道她欠二娘什么。二娘多病的身子就是拉扯一群娃娃遭下的罪，她拉扯的不光是她自己生的娃娃，还有我和哥哥。

晚上，母亲说起了往事。自从我们的新父亲进了监狱，后来在砖瓦厂劳动改造，直至无常，近五十年的时光里，她从来没有提起过这些旧事。可是，母亲用微笑的眼睛看着我，问："阿舍你还恨我吗？我晓得你一辈子都在恨我，恨就恨吧，我亏欠我女子的。"这么多年，母亲没有对我说过这类话，眼泪悄然涌满了我的眼，我感觉自己又回到了娃娃时候。我一直强自忍着不肯说出的辛酸，在心底藏了多少年啊。其实随着岁月流逝年岁增长，我对母亲渐渐愤恨不起来了，我慢慢明白了母亲的用心和在那样的环境下所作的抉择。

没有大雪天毅然叫我离开的决绝，说不定，以后的日子我会长久留恋着他们，我肯定不会把二娘叫娘，和赛赛他们亲骨肉一样相处。母亲是断了我的后路，让我了无牵挂地开始另一番生活，让我在绝望和愤恨里站起来，往下活。

接着，母亲说：“你新大无常了，你没有来送，你娃娃是个铁心肠人。你晓得吗？那一回你新大送你，一直送到半夜才进门，差点冻死咧，他的肺病就是那时节严重的，进了劳改厂，受折磨，病就劲大咧。”母亲的声音缓缓的，听不出心里的悲喜。

已经年过五十的阿里哥哥在，姐姐也在，赛赛也在。我们都是儿孙满堂的人了。我的亲哥哥，当年那个忧郁的少年，七年前病故了，他走在巴巴的前头。送走了哥哥，巴巴又拖了二年，也无常了。

母亲的目光烁烁的，转向他人，说：“你们晓不得，阿舍这女子犟起来，谁也没有办法。那时节才六岁的人，她新大送她回家，她磨蹭了一路，天眼看黑了，她新大没办法，要背她，她不叫背。她新大想了个办法，叫她一个人走，走在前头。她新大假装回家了，其实一直跟在后头，看着她上了坡，下了山，到家门口，才折回头赶回李家梁。回来已经半夜了，把人冻坏咧，咳嗽得吐血。原本我们准备到开春时节请大夫来看看的，可谁想得到，‘社教’开始了，她新大会念几句经，帮人宰过牲，就被拉走了，进了监狱，进了砖瓦厂劳改。这一去啊，就没能活着回来，她新大是吐血吐倒的。唉，这娃娃，最叫她新大扯心了，回来半夜还念叨她，我们准备日子好过了把她接过去的。她新大说你二娘拉扯你们，日子困难得很。”

“唉——你新大，那是个老实人。”

大家的目光齐刷刷地看着我。大姐插口说：“阿舍你就犟吧，咱大想听你叫一声新大，愣是没有听到。”

大姐的前额上已经飘着丝丝白头发了。岁月的刀子在我们身上留下无数痕迹，可是，留在心上的痕迹有谁看得见呢？

记得当年开春雪化后，我专门跑上山找过，找那个意料中的死尸。什么也没有。我始终想不明白，那个要饭的到哪儿去了。明明跟我走的是一条路，最后走到哪儿去了呢？原来，原来是那个人，我母亲的第二个男人，我的新父亲，我始终没有叫过一声的新大。现在细细回想，真的是他，只能是他，一个畏缩不前踽踽而行的身影。

我看见五十年前的尘土在眼前落下，纷纷而落，像漫天飞舞的白雪。是父亲的雪。那场覆盖世界的父亲的雪啊。

（原载《朔方》2009 年第 1 期）

牵手阅读：

一场铺天盖地的大雪里，“我”被母亲的决绝导引到了安全的情感高地。由于父亲早逝，母亲改嫁，跟着巴巴和二娘一起生活的我和哥哥的成长词典里，“饥饿”、“思念”、“矛盾”、“痛苦”成了最醒目的关键词。作者以女性特有的细腻温婉，把主人公童年经受的痛苦细针密线地表现出来，叩击着每位读者的心灵和情感世界。

这篇作品中，作者对雪这一意象的营造，对饥饿的描写，对寄人篱下滋味的揣摩，对抚养自己的父亲的兄弟巴巴的处境的理解，对改嫁母亲心理的猜度，对新大人格的塑造等都细致入微。作者以其敏锐的观察力和一种近乎奇特的才华，塑造出新大这一纯洁如雪的父亲形象，具有一种无形的催人泪下的力量。

版权启事